세 살 버릇
여름까지
간다

세 살 버릇 여름까지 간다

이기호

마음산책

세 살 버릇 여름까지 간다

1판 1쇄 발행 2017년 5월 1일
1판 11쇄 발행 2022년 8월 1일

지은이 | 이기호
펴낸이 | 정은숙
펴낸곳 | 마음산책

등록 | 2000년 7월 28일(제2000-000237호)
주소 | (우 04043) 서울시 마포구 잔다리로3안길 20
전화 | 대표 362-1452 편집 362-1451   팩스 | 362-1455
홈페이지 | www.maumsan.com
블로그 | blog.naver.com/maumsanchaek
트위터 | twitter.com/maumsanchaek
페이스북 | facebook.com/maumsan
인스타그램 | instagram.com/maumsanchaek
신사우편 | maum@maumsan.com

ISBN 978-89-6090-312-8 03810

누운 자리는 좁았고,
그래서 우리는 조금 더 가까이 있었다.

지난 2011년부터 한 월간지에 '유쾌한 기호씨네'라는 제목으로 연재했던 글을 책으로 묶는다. 원래는 월간지 측과 삼십 년을 연재 시한으로 삼고 시작한 글이었지만 채 사 년을 채우지 못하고 멈추고 말았다. 이런저런 다른 이유도 있었지만 2014년 4월 이후, 좀처럼 내가 힘을 내지 못한 탓이 크다. 이 땅에 함께 살고 있는 많은 아비와 어미가 자식을 잃고 슬퍼하고 있을 때, 그때 차마 내가 내 새끼들 이야기, 가족 이야기를 문장으로 옮길 자신이 없었기 때문이다.

우리 집 둘째 아이의 생일은 4월 16일이다.

그날 나는 내 아이의 입에 음식을 떠넣어주며 TV 뉴스를 보고 있었다.

이 책에 '가족 소설'이라는 타이틀을 붙인 이유는, 여기에 쓴 이야기보다 쓰지 못한 일들이 더 많기 때문이다. 소설은 때론 삭제되고 지워진 문장들을 종이 밖으로 밀어내며 완성되는 경우가 많은데, 그렇다고 해서 그것들이 모두 사라지는 것은 아니다. 오히려 그것들 때문에 한 편의 소설이 온전히 세상 밖으로 나오게 되는 것이다.

　세상 모든 가족 이야기는 그런 소설과 많이 닮아 있다.

　나에게는 가족이라는 이름 자체가 꼭 소설의 다른 말인 것만 같다.

　책으로 낼 수 있을지 끝까지 주저했지만 연재를 중단한 마음을 잊지 않겠다는 생각으로 용기를 내본다. 애정 어린 마음으로 기다려준 마음산책 모든 분들께 감사드린다.

2017년 4월

이기호

차례

가족은 자란다

염소와 학교

너는 어느 별에서 왔니?

우리가 잘 알지 못하는 세계

벚꽃이 지고 초록이 무성해지면,

다시 아이들은 그만큼 자라나 있겠지.

아이들의 땀 내음과 하얗게 자라나는 손톱과

낮잠 후의 칭얼거림과 작은 신발들.

그 시간들은 모두 어떻게 기억될까?

기억하면 그 일상들을 온전히 간직할 수 있는 것일까?

가족은
자란다

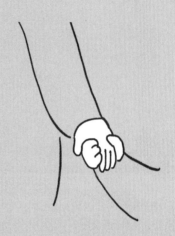

가족은 자란다

얼마 전부터 아내의 신경질이 부쩍 잦아졌다. 목소리도 하이 톤으로 올라가는 날이 많았고 설거지 그릇 마찰음도 점점 박력 넘치게 변해갔다. 아랫입술이 통째로 윗입술 밑으로 감춰지는 날들도 늘어갔다. 그때마다 나는 생각했다.

'도대체 왜 그러는 거지? 이유가 뭐야? 이건 뭐, 말을 해야 알지?'

생각은 그러했지만, 사실 마음 한구석 걸리는 면이 없지 않았다. 결혼 육 년 차. 다섯 살, 세 살, 두 아들의 엄마가 현재 아내 이력의 전부였다. 전직 피아노 학원 강사이자 보육교사와 사회복지사 2급 자격증, 1종 운전면허 소지자며 가야금과 클래식 기타에 재능이 있던 아내는, 그러나 지금은 그것들을 언제 다 했었나 싶을 정도로 모든 것에서 손을 놓고 있는 처지다. 이유는 간단하다. 녀석들 때문이다. 다섯 살, 세 살, 두 아들이 함께 집에서 뛰어노는 것을 바라보고 있노라면, 아아, 이제 곧 지구에 커다란 위기가 닥칠 것만 같은 불안감이 슬금슬금 들 정도다. 아이들은 엄마가 곰팡이 괴물로부터 코코몽을 보호해주지 않으면 울음부터 터뜨렸고, 자신이 쏜 레이저 총을 맞고 쓰러지지 않으면 쓰러질 때까지 계속 뒤를 졸졸 쫓아다니면서 효과음을 냈다. 저희들끼리 하루 세 차례 이상 싸움을 하고, 밥 한 번 먹는 데 평균 한 시간 이상이 걸리며, 방바닥과 벽에 외계인이나 알아볼 법한 암호 체계를 남기는 아이들(물론 그사이 크고 작은 화상이 두 번, 골절상이 한 번, 폐렴으로 인한 입원이 두 번, 감기로 인한 통원 치료는…… 에휴, 차라리 말을 하지 말자). 그런 아이들과 온종일 지내다 보면, 그래, 목소리도 높아질 수 있고 신경질도 늘어날 수 있겠지. 그렇게 간단하게 정리해버렸지만, 그러나 그게 꼭 전부는 아니라는 생각이 쉬이 사라지지 않았다.

어쩌면 아내의 잦은 신경질의 가장 큰 원인은 나 때문이시 않을까, 그 약속 때문이지 않을까 하는 생각 말이다. 언제였던가, 아마 둘째 아이가 태어나기 직전이었던 것 같다.

예기치 않게 둘째 아이를 임신하고 말수가 줄어든 아내를 위로한답시고 "둘째가 세 살 되면, 그땐 대학원에 가서 하고 싶은 공부 해. 내가 일찍 퇴근하고 애들 다 볼게" 생각 없이 공수표를 날린 적이 있었는데, 그 때문이 아닐까. 시간이 지날수록 나는 그렇게 확신하고 있었다.

그리고 일주일 전 아내와 사소한 말다툼을 벌이다가 그만 그 생각을 입 밖으로 꺼내고 말았다. 오랜만에 지인들을 만나 자정 무렵까지 술자리를 갖고 들어온 날이었다. 나를 바라보는 아내의 기운이 하도 냉랭해 몇 마디 던진 것이 말다툼으로 이어지고 만 것이다.

"당신, 그 대학원 때문에 그러는 거야?"

나는 술기운을 빌려 일부러 목소리 끝을 높이며 말했다. 아내는 말이 없었다.

"그게 상황이 그렇잖아, 상황이. 누군 뭐 일부러 그러는 줄 알아?"

나는 그러면서 '나도 애쓰고 있다, 당신 고생하는 기 질 알고 있다, 하지만 요 근래 너무 예민한 거 아니냐, 나도 일찍 집에 들어오고 싶은데 상황이 잘 안 되는 걸 어쩌냐' 오랫동안 주저리주저리 말을 늘어놓았다.

아내는 그런 내 앞에 앉아 한참 동안 나를 바라보다가 고개를 창문 쪽으로 돌렸다. 술 냄새 때문에 그러나 싶어 괜스레 비척비척 정수기 쪽으로 걸어갔는데, 이런, 그사이 뚝뚝 아내는 눈물을 흘리고 있었다.

아이, 그깟 대학원이 다 뭐라고, 나는 한숨을 쉬며 아내 옆으로 다가가 앉았다. 그리고 말했다.

"내년에 가자. 내년이면 다 괜찮아질 거야."

나는 아내의 어깨를 토닥거려주며 웅얼거렸다.

하지만 이내 아내의 입에서 튀어나온 말 한마디 때문에 나는 그만 우뚝 그 자리에 비석처럼 굳고 말았는데, 그로 인해 그때까지 계속 홧홧하게 지속되던 술기운 또한 말끔하게 사라진 것은 당연한 일이었다.

"나, 두 달째 생리가 없어……."

그로부터 일주일이 지난 어제저녁 나는 최대한 자숙하는 마음으로 설거지를 말끔하게 마친 뒤, 다시 경건한 자세로 빨래 건조대 앞에 앉았다. 그러곤 팡팡 수건을 개키기 시작했다. 역시나 빨래는 하는 것보다 개키는 것이 더 힘든 일이지. 나는 바로 옆에 차곡차곡 수건을 쌓아가며 생각했다. 두 아들 역시 내 주위에 앉아 공처럼 돌돌 양말을 말고 있었다. 엄마 곁엔 되도록 가지 말 것, 엄마 등엔 올라타지 말 것, 그리고 무엇보다 엄마에게 총을 쏘지 말 것. 아이들은 갑자기 정해진 생활 규칙에 어리둥절해 했지만, 지금까진 그런대로 잘 따라주고 있었다. "근데 왜 그래야 하는데?" 하고 첫째가 물었을 때 나는 잠깐 고민하다가 말해주었다.

"엄마 몸에 코코몽이 들어왔거든…… 코코몽이 아직 너무 작아서…… 그래서 우리가 잘 지켜줘야 해."

첫째 아이는 내 말을 가만히 듣곤 제 동생에게 다시 전해주었다.

"엄마가 코코몽이 됐대!"

나는 여자의 예민함에는 다 그만한 이유가 있다는 것을, 그것을 함부로 단정하면 안 된다는 것을, 아이들에게 말해주고 싶었지만…… 에휴, 차라리 말을 말자 생각했다. 그러면서 아내 몰래, 아들 몰래, 속으로 빌어보았다. 세발 딸 아이이기를…… 아들 삼 형제는 동화 속에나 나오는 일이니까…… 아기 돼지 삼 형제는 정말 아니니까…….

하느님은 언제나처럼 묵묵부답 말이 없었다.

내부 지향 남편

얼마 전 신문에 끼여 날아온 전단지 한 장을 보게 되었다. 살고 있는 동네 근처에 유명한 헤어 클리닉 가게가 새로 문을 연다는 광고지였다. 오픈 기념으로 두피 관리 1회 무료 서비스와 함께 방문 고객에게 두피 진단을 해준다는 내용이었다. 삼십 대 중반부터 서서히 머리칼이 빠지기 시작한 나는 그 전단지를 신문보다 더 오래 들여다보았다. 그리고 조심스럽게 아내에게 말을 꺼냈다.

"나, 여길 좀 가보는 게 어떨까?"

아내는 내가 내민 전단지를 힐끔 바라보더니 다시 눈을 돌려 아이의 속옷을 꿰매며 말했다.

"당신, 요즘 이상하다. 애인이라도 생겼나 봐?"

아내는 아무렇지도 않은 목소리였다. 쓸데없이 발끈한 것은 나였다. '내가 지금 연애할 시간이 어디 있느냐, 매일매일 칼퇴근해서 아이들 씻기고 함께 방귀대장 뿡뿡이 노래 부르는 거 보면서도 그런 소리를 하느냐, 그럼 내 애인이 뿡뿡이란 말이냐' 나는 무슨 억울한 일을 당한 사람처럼 목소리를 높여 말했다. 그런 나를 아내는 뚱한 표정으로 쳐다보았다.

"이게 다 당신하고 아이들 때문에 그러는 거라고."

나는 다시 목소리를 낮추며 보다 이성적으로 아내를 설득하려 노력했다. '내가 머리카락 때문에 의기소침해 있으면 직장 생활도 엉망이 될 게 뻔하다, 지금 당신 배 속에 있는 막내가 태어나면 내가 마흔 살인데 아이 학부형 회의도 못 나가게 될 것이다, 아이 친구들이 정말 너희 아빠 맞느냐 할아버지 아니냐 물어보면 우리 막내가 얼마나 큰 충격과 고통에 시달리겠느냐' 운운……. 나는 제법 논리적으로 아내에게 설명했다고 생각했는데, 아내는 그저 심드렁하기만 했다.

"당신 마음대로 해. 아이고, 거기서 더 빠지면 나라가 망할 거라고 협박할 사람이네."

그렇게 해서 나는 그다음 주 전단지를 들고 신장개업한 헤어 클리닉 가게를 찾아가게 되었다. 찾아가긴 찾아갔지만…… 그러나 나는 무료 관리도 두피 진단도 받지 못한 채 그대로 집으로 돌아오고 말았다. 시설이 마음에 들지 않았던 것은 아니다. 오히려 그 반대였다. 시설은 무슨 호텔 로비처럼 깔끔했고 사람들도 모두 친절했다.

문제는 가격이었다. 3개월 관리 비용이 200만 원이라고 하는데, 그만한 액수를 내 머리칼에 온전히 투자한다는 것이 양심상 허락되지 않았던 것이다(물론 그럴 수도 있겠지만, 그러면 아마 아이들은 유치원을 다닐 수 없게 될 것이고, 아내는 장기주택저축을 해약해야 할 것이다. 아빠 머리카락 때문에 자신이 유치원에 다니지 못한다는 것을 알게 되면, 아이는 과연 어떤 표정을 지을까?).

무료 관리 1회는 회원으로 등록한 사람에게 주어지는 특별 서비스였다. 그러니 그냥 집으로 돌아올 수밖에. 전문용어로 '낚인' 것이었다.

집으로 돌아와 시무룩한 표정으로 소파에 앉아 있는 내게 아내가 다가왔다.

"난 낭신 머리 빠지니까 더 좋던데. 그 나이 같고 말이야."

아내는 슬쩍슬쩍 웃으면서 말했다.

"위로하지 마. 나 지금 그럴 기분 아니야……."

나는 등 돌려 창문 밖을 바라보면서 말했다.

"위로가 아니고…… 난 뭐 진짜 좋거든. 이제야말로 정말 내 남편이 된 거 같고 말이야."

아내는 내 어깨에 손을 올리면서 말했다.

"이건 뭐 자동적으로 타인 지향에서 내부 지향으로 된 거 아니야? 타인 지향이 얼마나 피곤한 건데."

아내는 정말 기분이 좋은지 휘파람까지 불어가면서 말을 이어갔다. 그래서 나는 욱하는 심정으로 아내에게 말했다.

"당신, 방심하지 마라. 특이한 거 좋아하는 여자들도 많다. 취향은 다 다르다고."

나는 제법 진지한 목소리로 말했지만 아내는 여전히 여유만만했다.

"그래, 그래, 그러면 되지, 뭐. 아유, 대머리 좋아하는 여자들도 많지."

아내는 계속 깔깔 웃어댔다. 아내의 그 웃음은 뭐랄까, 정말이지 나를 자꾸 내부 지향으로 만들어가는, 편안하고 적나라한 웃음이었다.

그냥 한번 웃고 마는 것. 아내의 장기주택저축을 지켜주는 것, 계속 방귀대장 뿡뿡이의 연인이 되어주는 것. 그것과 머리칼을 바꾼다면 그 또한 나쁘지 않겠다는 생각이 잠깐 들게 만드는 웃음. 그래서 어쩔 수 없이 나도 클클 함께 웃어버리고 말았다. 어쨌든 나와 함께 웃고 있는 이 사람은 특이한 거 좋아하는 여자가 된 게 맞으니까. 그거면 다 된 거니까.

그의 어깨

추석 연휴 마지막 날, 장인어른이 먼 길을 마다않고 우리 사는 전라도 광주까지 내려오셨다. 우리가 찾아뵙는 것이 당연했지만 만삭의 아내가 염려되었던지 장인어른이 대신 그 길을 밟아 내려온 것이었다. 장인어른을 마중하기 위해 터미널로 차를 몰고 가면서 내내 죄송스러운 마음도 있었지만, 솔직히 '아아, 만세, 살았다'를 외쳤던 것도 사실이다. 강원도 원주 친가까지 일곱 시간 내내 운전만 하고 돌아온 직후였다. 몸도 마음도 비에 흠뻑 젖은 신문지처럼 후줄근해져 있었으나 그렇다고 마냥 쉴 수만도 없는 노릇이었다. 다다음 달 출산 예정인 아내의 상태가 나보다 훨씬 더 안 좋았기 때문이다. 그 몸으로 시댁에서 사흘 내내 전을 부치고 설거지를 하고 송편을 빚고 온 아내에게 다시 아이들을 맡기고 나

몰라라 침대로 기어 올라갈 담력이…… 아니, 배포가…… 아니, 아니 그런 면구스러운 짓을 할 용기가…… 내겐 없었다. 꼼짝없이 연휴 마지막 날엔 아이들을 데리고 실내 놀이터라도 나가서 아내에게 노력 봉사하는 모습을 보여야 하지 않을까 마음속으로 각오하던 판국이었다. 한데 장인어른이 오신다면 상황은 달라질 것이다. 지금까지 내력으로 보아선 장인어른은 아마도 이렇게 말씀하실 것이 뻔했다. '자넨, 좀 쉬게. 아이들 걱정은 말고.' 아아, 그러니 그러지 않으려 해도 '아아, 만세, 살았다'가 절로 나올 수밖에.

올해로 쉰아홉이 된 장인어른의 직업은 배관공이다. 원래는 주물로 냄비를 만드는 기술자였던 장인어른은 IMF 이후 회사가 문을 닫게 되자 곧장 아파트 공사 현장으로 무작정 찾아가 당신보다 한참 나이 어린 배관공들에게 고개를 숙이고 곁눈질로 하나하나 기술을 익혔다. 그리고 그 생활을 십오 년 가까이 이어오고 있다. 손재주와 눈썰미가 뛰어나고 술 담배를 전혀 안 하는 성실함 덕분에 건설 경기 불황에도 단 하루 손에서 일을 놓아본 적 없는 장인어른은, 우리 집에 들르실 때도 가만히 앉아 있는 법이 없었다. 배수가 잘 안 되는 세면대를 분리해 수 분 만에 뚝딱 문제를 해결한 것도 환풍기와 보일러를 손본 것도 아내를 위해 베란다에 선반을 만들어준 것도, 모두 장인어른의 작품이었다(나는 못 하나 제대로 못 박는 저주받은 손재주를 지니고 있다). 기술자 특유의 무뚝뚝함으로 말수는 적으셨지만 손자들 앞에서만큼은 영락없이 한겨울 눈사람 같은 인상으로 변해버리고 마는, 우리 시대 전형적인 외할아버지였다.

내 예상과 다르지 않게 장인어른은 추석 연휴 마지막 날을 손자들과 함께 오랫동안 놀이터와 공터에서 시간을 보낸 뒤 돌아오셨다. 눈치를 보아하니 장인어른은 오전 내내 두 아이의 자전거를 밀고 끌고 하신 모양이었다. 점심 무렵 잠깐 식사를 하러 들어오신 장인어른의 등허리는 땀으로 검게 변해 있었다. 나는 잠이 덜 깬 눈으로 그것을 보았지만, 별생각 없이 '날이 좀 더운가?' 하고 말았다. 장인어른은 식사를 하면서 짧게 "하루 더 있다 갈 생각이네"라고 말씀하셨다. 우리 부부는 거의 동시에 "저희야 좋죠"라고 대답했다. 그땐 그저 건설 현장은 연휴가 더 긴가 보다 생각하고 말았던 터다. 그 말 속에 어떤 속사정이 숨어 있는지 가늠도 하지 못한 채 또 한 번 '아아, 만세, 살았다'를 외쳐댄 것이었다.

우리 부부가 사태를 제대로 파악한 것은 추석 연휴가 모두 끝나고 다시 일주일이 지난 뒤의 일이었다. 퇴근하고 돌아와보니 아내가 식탁 의자에 앉아 벌겋게 충혈된 눈으로 누군가와 통화하고 있었다. 무언가 심상치 않은 예감이 들어 가만 발소리까지 죽여가며 살핀즉슨 처형의 전화였다.

　"언제부터 그러신 거라는데?"

　아내는 울먹거리는 목소리로 물었다.

　"한 달? 한 달이나 됐다고?"

　아내는 그 말 이후 오른손으로 입을 막고 뚝뚝 눈물을 흘리기 시작했다. 어깨까지 들썩거렸다.

　장인어른에 대한 이야기였다. 왼쪽 어깨의 인대가 늘어나 한 달째 일손을 놓고 있다는 이야기, 그럼에도 다시 현장으로 나가기 위해 당신의 병을 애써 숨기고 있다는 이야기, 우리라도 빨리 전화해서 좀 말리라는 이야기…….

　나는 가만히 아내 곁으로 다가가 아무 말 없이 어깨만 몇 번 토닥거려주었다. 그러면서도 계속 장인어른의 등이 떠올랐다. 땀으로 검게 변해버린 등허리, 온종일 두 아이의 자전거를 양손으로 끄느라 변해버린…….

우리는 오랫동안 장인어른께 전화하지 못한 채 자리에 앉아 있기만 했다. 그럴수록 가슴은 더 먹먹해져 주변이 캄캄하게 변해버렸는데도 불을 켤 생각을 하지 못했다.

여덟 살 차이

아내와 나는 정확히 여덟 살 차이가 난다.

그래서였을까, 학교의 선후배 사이이자 조교 대 학생 관계로 처음 만난 아내는 연애 시절 내내 나에게 깍듯했다. 반말을 한 적도 없었고, 큰 소리를 낸 적도 한 번 없었다. 심지어 아내는 늦은 밤 전화 통화를 마칠 때마다 "안녕히 주무세요"라고 공손히 인사를 하곤 했는데, 나는 그게 좀 이상해(뭐랄까, 마치 수화기 저편에 조카가 무릎 꿇고 앉아 있는 듯한 느낌이었다) 그러지 말라고 했는데도 쉬이 고쳐지진 않았다.

"인사도 그렇고, 존댓말도 그렇고, 이건 무슨 애인이 아니고 과외 학생 만나는 거 같다니까."

또래 친구들을 만나 맥주잔을 기울이면서 나는 한탄 아닌 한탄을 종종 했는데, 마음 한구석 은근슬쩍 그걸 으스대고 싶은 심정도 있었던 게 사실이다. 친구들은 내가 그 말을 할 때마다 인상을 구기면서 말없이 술잔만 기울였으니까. 모두 애인으로부터 '감시'와 '처벌'을 달게 받는, 오른손으론 술잔을 왼손으론 휴대폰 액정 화면을 수시로 확인하는 친구들이었으니까.

좋은 점도 있었지만 난감했던 때도 적지 않았다. 소설을 쓰는 남자, 그것도 여덟 살이나 많은 남자에게 쉽사리 딸과의 결혼을 허락하는 부모란 대개 둘 중 하나였다. 딸과 무지하게 사이가 좋지 않거나 어머니가 문학소녀거나. 다행스럽게도 장모님은 아직도 신춘문예에 시를 투고할 정도로 열혈 문청이시니 반대는커녕 환대 속에서 혼인 서약을 할 수 있었다.

한데 문제는 그다음부터였다. 처형도 손윗동서도 나보다 대여섯 살 아래고, 심지어 막내 처이모의 경운 나와 겨우 한 살밖에 차이 나지 않으니, 이를 어쩌나. 처갓집 식구들과 마주 앉으면, 어쩐지 모두 나를 어려워하는 것만 같아 헛웃음만 크게 내다가 뒤통수를 긁적거리며 작은방으로 숨어들곤 했다(언젠가 '사위들은 왜 처갓집에만 가면 자도 자도 계속 잠이 올까?'에 대해서 짧은 논문을 한 편 쓸 작정이다). 아내의 친구들도 모두 여덟 살 아래, 친구들의 남편들도 모두 비숫한 또래, 그러니 왠지 '왕따'가 된 것 같은 느낌이 슬금슬금 들 때가 많았다. 아내 역시 나와 '세대 차이'를 느끼는 것은 아닐까 하는 지레짐작도 부쩍 늘었고.

하지만 그 모든 것은 다 아이가 생기기 이전의 문제들이었다. 아이가 생기자 여덟 살이란 우리의 나이 차는 온데간데없이 사라지고, 그저 빤한 '아빠'와 '엄마'가 되었을 뿐이다. 한 번도 반말을 한 적 없던 아내는 서슴없이 내 이름과 아이 이름을 번갈아 불렀고, 이것저것 심부름 시키는 것을 당연시했다. 그래서 내가 반항했느냐면, 무슨 소리. 고분고분 손에 쥐여주는 쓰레기봉투를 갖다 버리고 기저귀를 사러 한밤중에 마트로 달려 나가는 일을 도맡아 했다. 억울한 것도 없었고 부당하다는 마음을 가져본 적도 없었다. 그만큼 아이를 낳고 기르는 여자의 모습을 옆에서 찬찬히 바라보고 있자니, 아아, 이건 나이고 뭐고 세상 모든 여자들은 남자들보다 한 뼘 정도는 더 위대하구나, 절로 고개가 숙여지는 시간들이었단 소리다.

그래도 때때로 연애 시절 아내의 모습이 떠오르고, 나보다 아이들을 우선순위에 두는 아내가 야속해서 며칠 전엔 농담을 가장해 이런 말을 툭 던지고 말았다.

"당신, 그거 알아? 당신하고 나하고 나이 차랑 남녀 평균 수명까지 더해서 계산해보면 당신은 나 없이 이십 년 가까이 혼자 살아야 해."

그러니까 내 말의 요지는 있을 때 잘해달라는 말이었다.

한데 아내는 그 말을 농담으로만 듣지 않은 모양이었다. 대꾸도 안 하고 한동안 마룻바닥만 가만히 내려다보고 있는 가 싶더니, 어느새 눈 주위가 벌겋게 변해버렸다. 어, 이게 아닌데 이게 아닌데 했지만 이미 늦어버린 뒤였다. 아내는 더듬더듬 내게 말했다.

"그거 알아……? 그걸 빤히 알면서도 당신하고 결혼한 거야……."

그날 밤도 나는 또 한 번 경건한 마음으로 설거지를 하고 방 청소를 했다. 그러면서 나는 생각했다. 이러니, 남자들이 란 여자들 앞에서 아이가 될 수밖에 없지 않는가. 빤히 알면 서도 뚜벅뚜벅 걸어가는 자들이 바로 여자들 아닌가, 그게 비로 사랑의 다른 이름이 아닌가. 나는 내처 욕실 바닥도 박 박 락스로 닦았다.

홀로 남겨진 밤

　지난주 아내와 아이들을 경기도 부천 처갓집에 데려다주고 혼자 광주로 내려왔다. 산달이 점점 다가올수록 아랫배도 자주 뭉치고, 현기증 때문에 오래 걷지도 못하고, 불규칙한 진통으로 밤새 잠 못 이루고 뒤척거리는 아내를 보고 있자니, 그런 몸으로 두 아들까지 챙기는 것은 더 이상 무리란 생각이 들었기 때문이다. 나도 도와준답시고 이런저런 일들을 해봤지만 거참, 일을 더 벌여놓고 마는 수준이다 보니 딱히 다른 방법은 생각나지 않았다(언제였던가, 내가 설거지를 하고 잠든 날 설핏 잠에서 깨어보니 아내가 다시 설거지를 하고 있었다). 장인어른이나 장모님, 두 분 다 건강이 좋지 않았지만 벌써 여러 달 전부터 어여 올라오라는 말씀이 있던 터니, 염치 불구하고 짐을 싸기로 결정한 것이었다.

다음 날 오전에 있는 회의를 핑계로, 잠깐 눈이라도 부치고 가라는 장모님의 만류도 마다하고 늦은 밤 다시 차를 몰고 내려오는데, 허허, 이상하게도 몸이 가뿐했다. 온종일 운전대만 잡고 있었으니 평상시 같았으면 까무룩 까무룩 졸음이 몰려올 법도 했는데, 광주 인터체인지를 들어서고 아파트 주차장에 도착할 때까지도 정신은 말짱하기만 했다. 그리고…… 혼자 아파트 현관문을 열고 들어서고 나서야 그제야 나는 왜 몸이 가뿐했는지 정신은 왜 말짱하기만 했는지 깨닫게 되었다.

'이건 뭐, 다시 총각이 된 기분이잖아.'

소파에 벌렁 누워 양말을 아무렇게나 둘둘 말아 벗어던지고 나서 나는 속으로 중얼거렸다. 놀아주어야 하는 아이들도 잔소리를 하는 아내도 없었다. 그건 아이들 눈치 안 보고 마음대로 프로야구 중계를 볼 수 있다는 뜻도(때는 또 바야흐로 맥주가 생각나는 포스트 시즌이 아니던가) 휴대폰 신경 안 쓰고 밤늦도록 술자리를 가져도 아무 걱정 하지 않아도 된다는 뜻이기도 했다. 곧 셋째가 태어나고, 그 때문에 아내는 고생 중인 상태였지만, 뭐랄까 마지막으로 얼마 동안 나에게 휴식이 주어진 느낌이었다. 그렇다면 어찌해야 하는가. 나는 휴대폰에 저장된 전화번호부 목록을 훑어보면서 술 약속 잡을 친구들을 하나하나 떠올려보았다. 총각 때 버릇 그대로 이유 없이 혼자 히죽히죽 소리 내어 웃기까지 하면서 마음이 달떴던 것이다.

결론부터 미리 말하자면…… 그날 이후로 나는 단 한 명의 친구도 만날 수가 없었다. 이유는 뻔했다. 나만 다시 총각으로 돌아갔을 뿐, 친구들은 여전히 아이들의 아빠이자 한 여자의 남편 역할에 충실했기 때문이다. 친구들은 "그래, 그래, 한번 봐야지" 말은 하면서도 "그래? 그럼 오늘 볼까?" 하는 내 제안에는 모두 말끝을 흐렸다. 선약이 있다는 핑계로, 아내와의 약속을 핑계로, 하나같이 서둘러 전화를 끊을 뿐이었다(한 친구는 별안간 나에게 일장 훈계를 늘어놓기까지 했다. '너, 그렇게 살면 안 된다' 운운).

그러니, 어쩌나. 혼자 비닐 봉투에 맥주 캔을 잔뜩 사들고 들어와 홀짝거릴 수밖에. 불도 켜지 않은 어두운 거실에 앉아 프로야구 중계를 보고 있자니, 응원하는 팀이 점수를 내든 말든 투수가 조기 강판을 당하든 말든 그저 시큰둥하고 무덤덤하기만 했다. 몸은 편하고 잔소리하는 사람은 없었지만, 맥주는 싱겁기만 했고 나는 어쩐지 세상에 홀로 남겨진 기분마저 들었다. 며칠 아내와 아이들과 떨어져 지냈다고 이런다는 게 말이 되나 생각했지만 그게 사실인 것은 부인할 수 없었다.

그러다가 바로 어제는 퇴근 뒤 집으로 돌아와 욕실에 들어섰다가 나도 모르게 그만 울컥하고 말았다. 그때까지 눈여겨보지 않았던 아이들의 물총과 장난감 배를 욕실 구석에서 발견했기 때문이다. 나는 그것들을 손에 들고 오랫동안 이리저리 살펴보다가 아내에게 전화를 걸었다. 나는 아내에게 응석을 부리고 싶었고, 또 위로도 받고 싶었다.

하지만 전화를 받은 것은 아내가 아닌 큰아이였다. 큰아이의 목소리가 수화기 저편에서 들리자 나는 꾹 목부터 잠기기 시작했다.

"그래, 아들. 아빠 많이 보고 싶지? 아빠도 우리 아들 많이 보고 싶어."

나는 한 손에 물총을 든 채 빠르게 말했다. 그게 내 진심이었다. 그러나 큰아이에게서 돌아온 답은 내 예상과는 많이 다른 것이었다.

"아니요. 괜찮은데요."

큰아이는 아무렇지도 않게 말했다.

"응……? 괜찮아……? 아빠 안 보고 싶어……?"

"예, 재밌어요. 할아버지랑 놀이터도 가고 신나요."

다섯 살이 된 큰아이는 정말 신이 난 듯한 목소리로 말했다. 나는 잠깐 침묵을 지켰다. 그러면서 허공에 몇 번 물총을 쏘기도 했다.

"왜요, 아빠? 아빠 안 신나?"

큰아이가 말끝을 높이면서 물었다.

"어, 아빠도 신나."

나는 삐친 것을 티 내지 않으려고 최대한 담담한 목소리로 대답했다. 하지만 그래도 아이들이 계속 보고 싶어지니, 거참 이상한 일이 아닐 수 없었다.

우리 처음 만난 날

부천 처갓집으로 올라간 아내의 진통이 시작된 것은 지지난 주 일요일의 일이었다. 작업실에서 이미 마감이 지난 원고를 쓰고 있던 나는 장모님과의 통화로 그 사실을 알게 됐다.

"이 서방, 올라와야 될 거 같아. 이슬이 비쳤대."

전화를 끊자마자 나는 책상에서 일어나 겉옷을 챙겨 입었다. 하지만 눈은 계속 전원을 끄지 않은 노트북 화면에 머물러 있었다. 쓰던 소설은 이제 거의 결말 부분에 다다랐고, 하룻밤 정도만 더 애를 쓴다면 얼추 마무리를 지을 수도 있을 것 같았다. 계간지에 보내야 하는, 마감 시한이 이미 한참 지난 소설이었다. 하지만, 어쩌나. 이제 곧 아이가 나온다니, 그동안 쓴 것이 아쉬웠으나 더는 소설을 핑계로 머뭇거릴 수가 없었다. 소설이야 다음에 또 쓰면 되지. 나는 일부러 심호

흡을 크게 한 번 하고 작업실 문밖으로 나왔다.

사실 첫째 아이 때도 그랬고 둘째 아이 때도 그랬고 나는 아내의 출산을 곁에서 지켜주지 못했다. 첫째 아이 때는 가족 분만이라는 것을 하다가 아내보다 내가 더 비명을 질러대는 바람에 밖으로 쫓겨났고, 둘째 아이 때는 누군가를 잠깐 만나고 돌아온다는 게 그만 퇴근길 정체에 걸려 타이밍을 놓치고 말았다. 그래서 셋째 아이는 꼭 옆에서 손도 잡아주고 탯줄도 내 손으로 잘라주겠노라 아내 앞에서 몇 번 가슴을 팡팡 쳐대며 약속했던 처지였다. 그러니 그 약속을 위해서라도 올라가는 것이 맞았다.

하지만 내가 터미널로 향하는 택시를 잡기도 전에 아내한테서 전화가 걸려왔다.

"지금 어디야?"

"어, 막 택시 잡으려고. 괜찮아?"

"택시는 무슨…… 소설 다 썼어?"

아내는 대뜸 소설부터 물어왔다. 아내는 몇 달 전부터 지금 쓰고 있는 소설 때문에 내가 얼마나 끙끙거렸는지 잘 알고 있는 사람이었다. 그래도 그렇지, 지금 소설이 문젠가?

"가진통이야, 가진통. 엄마가 괜히 오버한 거라구."

아내는 내일이나 모레쯤이나 돼야 제대로 된 진통이 시작될 거 같다고 말했다. 그러니 잔말 말고 소설이나 다 마무리하고 올라오라고 했다.

"아니, 그래도 그렇지……."

내가 말끝을 흐리자 다시 한 번 아내가 냉정하게 잘라 말했다.

"올라와도 도움도 안 되니까 소설이나 얌전히 써. 애 한두 번 낳는 것도 아니고, 왜 이래 아마추어처럼."

나는 전화를 끊으면서 "뭐, 이런 여자가 다 있어" 혼잣말로 중얼거렸다. 그러면서 한편 어느새 작가의 아내가 다 되어버린 한 여자를 떠올렸다. 나는 잠깐 차도 앞에서 망설이다가 다시 작업실로 들어가고 말았다.

결국 그날 밤 나는 작업실에 앉아 잡지사에 보낼 소설을 어찌어찌 다 마무리하게 되었다. 그리고 그 시각 아내는 우리 가족의 첫딸을 낳았다. 소설을 마무리하는 동안 나는 아내가 거짓말을 했다는 것을 직감했지만, 그 거짓말 때문에 더더욱 책상에서 떠날 수가 없었다.

원고를 보내고 부랴부랴 부천으로 올라간 나는 입원실에

잠들어 있는 아내와 딸을 가만히 바라만 보았다. 나는 딸보다 아내를 더 오래 바라보았다. 아내의 머리칼은 그때까지도 땀에 젖어 있었다.

"어, 왔네?"

아내가 잠에서 깨어나 말을 걸었다.

"왜 거짓말을 하고 그러냐? 그깟 소설이 다 뭐라고."

나는 짐짓 퉁명스러운 목소리로 말했다. 그러자 아내가 몸을 조금 일으키며 말했다.

"다 썼어?"

"그래, 다 썼다. 이제 됐냐?"

그제야 아내는 딸아이 쪽으로 눈길을 돌리며 웃었다.

"봐봐, 우리 딸이야…… 너무 예쁘지?"

나는 아내의 눈길을 좇아 딸아이를 바라보았다. 딸아이는 아주 작고 머리숱이 많았다. 내가 난생처음 딸을 만난 순간이었다. 나는 아내를 처음 만났을 때처럼 가슴이 뛰었다.

장모님의 미역국

장모님이 당분간 우리와 함께 지내기로 했다. 아침부터 저녁까지 우다다다 사방팔방 뛰어다니는 어린 외손자 두 명과 이제 갓 태어나 두 시간 간격으로 엄마 젖을 찾는 외손녀를 차마 먼 곳에서 보고만 있을 순 없었는지 장모님께서 결정을 내린 것이었다. 사실 장모님은 오랫동안 항암 치료를 받으셨고(다행히 지금은 완치되었다) 그 여파 탓인지 임파선이 좋지 않았다. 그래서 누구를 도와주기보다는 도움이 필요한 입장이었다. 그런 장모님이 내려오신다니 사위 입장에선 말릴 수밖에 없는 상황이었다.

"저흰 괜찮아요. 애들도 그냥 집에만 있는데요, 뭘……."

"손자들 때문에 가는 거 아닐세. 내 딸 도와주러 가는 거지…… 그냥 빨래나 하고 설거지만 하면서 있을 거니 걱정말게."

아내 또한 오랫동안 수화기를 잡은 채 장모님을 말려보려 했지만 결정을 뒤엎지는 못했다. 웬걸, 장모님은 아내의 만류에 마음이 더 뒤숭숭해졌는지 예정보다 일찍 다음 날 홀쩍 광주행 버스에 올라 우리 집에 도착하고 마셨다.

그렇게 해서 난생처음 장모님과 함께 지내는 생활이 시작되었는데…… 덕분에 나는 분명 몸과 마음이 편해졌다. 빨래와 설거지만 할 거라 했지만, 장모님은 내가 아이를 씻기거나 청소기를 잡는 것만 봐도 손사래를 치며 등을 떠밀었다.

"가장이 이런 거 신경 쓰면 큰일을 어찌하려고 그러나? 어서 자네 일 보게나."

아아, 어디 가서 또 이런 대접을 받아볼 수 있을까? 나는 정말이지 '큰일'을 해야 할 것 같은 마음이 들어 허리춤에 매달리는 아이들을 뿌리치고 과감히 사우나로 직행하곤 했다 (큰일을 앞두곤 모름지기 '명상'이 필요한 법이니까). 장모님의 건강 걱정을 빼곤 뭐랄까 갑작스럽게 긴 휴가를 받은 느낌까지 들었다.

한데 다 좋은데 문제가 하나 있었다. 다름 아닌 장모님의 음식 솜씨였다. 인생의 대부분을 꽃집 운영에 매달렸던 장모님은, 그래서 그랬는지는 몰라도(아내의 증언에 따르면 음식할 시간이 거의 없었다고 했다. 꽃집은 새벽부터 셔터를 올려야 하는 중노동 업종이니까) 그러니까 당신께서 해주시는 국과 반찬은…… 이런 비유를 하는 것이 조금 버릇없고 염치없어 보이기는 하지만, 뭐랄까 재료와 재료들이 각기 배낭을 메고 어디론가 긴 여행을 떠나는 것 같은 느낌이 들었다. 정성껏 해주신 오징어볶음이 그랬고 불고기가 그랬고 참치 김치찌개가 그랬다. 한술 뜨면 오징어와 암소와 참치가 씨익 웃고 난 뒤 등 돌려 저 멀리 석양을 향해 걸어가는 듯한 느낌……. 그리고 그때마다 들려오는 장모님의 목소리.

"그래, 어찌 입맛엔 맞고?"

아하, 아하하하…… 거기에 대고 사위 된 자가 어찌 진솔한 대답을 할 수 있단 말인가? 나는 최대한 눈꼬리를 내리며 맛있다고, 이제야 밥다운 밥을 먹는 것 같다고 대답했다. 그러곤 고개를 숙이고 오징어가 암소가 참치가 떠나가기 전에 재빠르게 숟가락질에 몰두했다.

문제가 터진 것은 젖이 잘 돌지 않는 아내를 위해 장모님이 미역국을 한 솥 가득 끓인 뒤 벌어지고 말았다. 불고기를 잘 먹지 않는 사위를 생각해서인지 소고기 대신 생굴을 넣어 끓인 미역국인데, 그 맛 역시 생굴은 생굴대로 미역은 미역대로 각각 서로 국경선을 긋고 으르렁거리는 듯한 형국이었다. 그래도 잠자코 그저 속으로만 이걸 또 언제 다 먹나 고민하던 나와는 다르게 큰아이가 불쑥 커밍아웃을 해버리고 만 것이었다.

"나, 싫어! 이 미역국 이상하단 말이야!"

내가 아이의 입을 틀어막는다고는 했지만 이미 늦어버린 일이었다. 장모님은 조금 시무룩해진 표정으로 미역국을 한 숟갈 당신의 입에 떠 넣으셨다.

"자네도 이상한가? 내가 항암 치료 뒤부터 당최 간을 못 맞추는 거 같아서…… 말해주는 사람이 있어야지, 원……."

나는 그런 장모님을 가만히 바라보다가 쓱쓱 미역국에 밥을 말아 먹기 시작했다.

"다섯 살짜리가 무슨 맛을 안다고 그러세요. 걱정 마세요. 맛있으니까."

나는 다시 눈꼬리를 내린 채 말했다. 미역의 짭조름한 맛이 고스란히 눈가로 몰려오는 것만 같았다.

케이크 한 상자

지난주에는 아내의 생일이 있었다. 결혼기념일도 제대로 기억하지 못하고, 그렇다고 다른 남편들처럼 일 년 365일을 매일매일 기념일처럼 대해주는 것도 아니어서(아아, 우리 주변엔 왜 이리 살뜰하고 자애로운 남편들이 넘쳐나는 걸까? 이웃집 아내들은 왜 그걸 꼭 옆집에 와서 중계방송해야만 직성이 풀리는 걸까?) 그나마 생일이라도 남편 구실해보겠다고 몇 달 전부터 달력에 밑줄 벅벅 그어놓고 마음을 다잡았는데, 아뿔싸 다니고 있는 학교에서 주최하는 세미나가 마침 그날과 겹쳐버린 것이었다(그것도 1박 2일 일정으로). 아내 생일에 외박을 하겠다고 나서는 간 큰 남편도 있을까 궁금했던 적이 있었는데, 내가 딱 그 상황이 되어버린 것. 더군다나 생일 며칠 전, "뭐 갖고 싶은 거 없어?"라고 넌지시 물었을 때 아내는 대뜸 대답했었다.

"됐고…… 난, 그냥 딱 반나절만 내 시간을 갖고 싶어."

"그러고 뭐 하게?"

"그냥 아무것도 안 해보는 거, 그게 내가 제일 하고 싶은 일이야."

"그게 뭐 어려운 일이라고, 까짓 거 내가 그날 온종일 애들 볼 테니까 나가서 놀아" 큰소리 땅땅 쳤는데…… 이런, 내가 온종일 나가서 놀게 된 꼴이었다.

다행히 아내는 "뭐 어쩔 수 없지" 하고 아무렇지도 않게 말했지만, 그 아무렇지도 않음이 내 마음의 어떤 부분을 건드렸다. 그래서 생일 전날 미리 케이크도 자르고 외식도 하자 마음먹었는데 이런, 또 변수가 생기고 만 것이었다.

퇴근을 하고 제과점에 들러 케이크를 하나 사려 했는데, 그날 오후 오랜만에 나를 찾아온 한 지인이 "애들 생각이 나서요" 하면서 케이크를 내민 것이었다. 일전에 내가 무슨 자료 찾는 것을 도와준 적이 있는데, 아마도 그것을 마음에 담고 있다가 작은 선물을 마련한 모양이었다. 그러니 거절할 수도 없고 못 이기는 척 받아들 수밖에 없었다. 케이크를 사야 하는데 케이크가 생겼으니 어쩌나. 그래도 하나 더 사야 하는 건 아닐까? 아니 아니, 그랬다간 또 잔소리를 들을지도 몰라…… 한 손에 케이크 상자를 든 채 제과점 앞에서 한참 망설이다가 나는 그냥 집으로 향하고 말았다. 그냥 내가 사왔다고 하지, 뭐. 그게 뭐 대단한 거짓말이라고. 그렇게 결정한 것이었다.

갓난아기 때문에 외식도 못 하고 그저 또 여느 날처럼 아내가 차린 밥상을 받고(물론 내가 하겠다고 나섰으나…… 에휴, 말을 말자. 접시 하나 깨고 소금통 하나를 온전히 뒤엎은 뒤 순순히 물러나고 말았다) 다섯 식구 모두가 둘러앉은 뒤, 케이크 상자를 열었다. 아아, 그리고…… 나는 살짝 당황할 수밖에 없었다. 미리 열어보지 않은 케이크 상자 안에는 '뽀로로'와 '크롱'이 헤벌쭉 웃고 있는 초코 케이크가 들어 있었다. 뽀로로의 근사한 오두막과 막대사탕으로 된 소나무 한 그루도 당당히 서 있는 초코 케이크……

순간 나는 무춤해져 아내의 눈치를 살폈다. 아내는 뚱한 표정으로 남편이 사온(그렇게 믿은) 자신의 생일 케이크를 내려다보았다. 아내도 나도 잠시 말을 잃었지만 아이들은 마냥 신이 나 서로 먼저 케이크에 손을 대겠다고 포크를 들고 일어났다.

"아니, 아니, 애들아…… 촛불부터 켜고……."

나는 아내 눈치를 보면서 아이들을 제지했으나, 이런, 초가 없었다(당연, 지인이 초를 챙겼을 리 만무했다). 초 하나 챙기지 못했으면서 마치 자신이 사온 듯 아내 앞에 케이크를 내밀었으니. 나는 더 당황해서 케이크 상자 이쪽저쪽을 살펴보다가, 다시 아내의 눈치를 살피다가, 그만 고개를 푹 아래로 수그리고 말았다. 그리고 이실직고. 말을 하면서 나는, 내가 대단히 나쁜 남편이 된 것만 같은 기분에 사로잡혔다. 그런 나를 보면서 아내가 아무렇지도 않게 케이크 한 조각을 아이들의 접시에 나눠주면서 말했다.

"케이크 하나 더 사왔으면…… 그땐 정말 화냈을 거야."

아내의 그 말이 나의 어떤 부분을 또 한 번 건드리고 지나갔다. 무엇이 아내를 이리도 '터프'하게 만들었는지, 나는 그것을 곰곰 생각하며 앉아 있었다.

일요일엔 취사 금지

오래전부터 알고 지내는 선생님 한 분은 홀로 바람처럼 여행을 떠난 것이 수십 차례고 무슨 새마을운동 하듯 음주 가무에 열중하느라 결혼 생활 대부분 평균 귀가 시간이 새벽 2시와 3시 사이를 왔다 갔다 했는데도, 거참 신기하게도 수십 년째 가정의 평화를 거뜬히 지켜내고 계신다. 평소 삶의 귀감이 되는 사례나 자세는 배우고 익혀 실천해야 한다는 모범적인 태도를 지니고 있던 터라 찬찬히 선생의 비밀이 무엇인지, 어떻게 하면 술 마시고 새벽 3시에 들어가도 다음 날 웃으면서 아내에게 해장국을 받아먹을 수 있는지 관찰했는데, 얼마 전 의외로 손쉽게 그 비의의 일단을 엿볼 수 있게 되었다.

그러니까 지지난 주 일요일이었다. 가져다 드릴 책도 있고 해서 오랜만에 선생의 집을 방문했다. 앉은 자리가 길어지면 꼼짝없이 술자리로 이어질 것만 같아 서둘러 일어서려는데 사모님이 굳이 저녁을 먹고 가라며 손을 잡아끄셨다. 못 이기는 척 다시 소파에 앉으니 선생이 기다렸다는 듯 중국집에 전화를 넣으셨다.

"오랜만에 왔는데, 미안해서 어쩌나. 우리 집은 일요일엔 밥을 안 해서요."

사모님은 바로 맞은편에 앉으면서, 그러나 미안한 기색은 전혀 없는 환하게 웃는 얼굴로 말했다.

"아, 아닙니다. 저도 짜장면 좋아해요. 신경 쓰실 거 없습니다."

"글쎄 이이가 신혼 초부터 일요일엔 밥을 아예 못 하게 해서…… 그게 벌써 이십 년도 넘게 이어진 일이라우."

선생은 사모님과 나의 대화에는 무관심한 듯(혹은 쑥스러운 듯) 계속 주문에만 열중하고 있었다. 그 모습을 보면서 나는 작은 깨달음 하나를 얻게 되었다. 오호라, 이거였구나. 이거였어. 그러니까 일요일 하루 밥을 하지 않는다는 게 여자들한테 어떤 의미인지 그것이 무엇을 이야기하는지 제멋대로 깨우쳐버린 것이었다.

그래서 지난주 일요일 아침 아내한테 곧장 이런 선언을 해버렸다.

"앞으로 일요일엔 취사 금지야. 절대 밥하지 마."

쌀을 씻다 말고 멀뚱한 표정으로 나를 바라보던 아내는 퉁명스럽게 되물어왔다.

"그럼, 당신이 하게?"

"아니, 그냥 간단히 외식하자고. 당신도 하루쯤 쉬어야지."

"세 끼를 다?"

나는 아내가 돈 얘기를 꺼낼 것 같아 그냥 간편하게 중국 음식이나 국수, 김밥 같은 것을 사 먹으면 된다고, 외식이라고 꼭 비싼 거 먹을 필욘 없다고 말해버렸다. 그랬더니…… 이런, 바로 효과가 나타났다. 아내는 슬쩍 웃으면서 더 이상 아무것도 묻지 않았다. 나는 그 기세를 몰아 쌀을 씻고 있던 아내의 손을 잡았다.

"오늘부터 하지 말라니까."

"알았어, 알았어. 그래도 이건 이미 씻은 쌀이니까……."

그날 점심을 짜장면으로 해결한 우리 식구는(여섯 살, 네 살 아들도 분명 좋아했다) 저녁땐 다시 배달되어 온 피자 앞에 둘러앉았다. 점심도 밀가루로 먹고, 또 저녁까지 밀가루 음식으로 해결한다는 게 좀 무리인 듯싶었지만, 그래도 첫날인데 뜻을 굽힐 순 없지 하면서 밀어붙인 것이었다. 하지만 문제는 아들들이었다. 아들들은 피자엔 손도 대지 않은 채 칭얼거리면서 계속 밥을 찾았다. 정말 아내를 위한다면 그때 그냥 내가 일어나서 밥을 하면 될 것을 뜻하지 않은 오기와 아집이 순간 나를 사로잡고 말았다. 그래서 뚝뚝 닭똥 같은 눈물을 흘리는 두 아들 앞에서, 밥을 하겠다고 일어서는 아내한테 큰소리까지 치면서, 꾸역꾸역 혼자 피자를 먹어댔던 것이다(나이 마흔 넘게 먹고, 어린 두 아들 앞에서…… 거참, 부끄러워서 살 수가 없다). 결국 그날 밤 9시 뉴스를 할 때쯤 아내는 다시 밥을 짓고, 아이들의 저녁을 챙겨주었다. 그때도 나는 큰소리를 쳤지만 아내는 이번엔 내 말을 듣지 않았다.

"당신 마음 알았으니까…… 이십 년 뒤에, 나 늙으면 그때 그렇게 해줘……."

나는 그런 아내의 등을 바라보면서 아무 말도 하지 못했다. 가르침은 많으나 역시나 실천은 각자의 몫인 것만 같았다.

아들과 함께 걷는 길

올해 여섯 살이 된 첫째 아이는 근래 들어 이런저런 스트레스에 시달리고 있는 듯 보인다. 두 살 아래 동생이 수시로 장난감을 두 동강 내거나 물에 빠뜨려 못쓰게 만들어버리고, 형이 아끼는 동화책이나 스케치북에도 북북 크레파스로 남다른 전위예술 솜씨를 발휘하기 일쑤니, 그럴 만도 했다. 그래서 가끔 동생에게 소리를 지르거나 머리를 때리기도 하는데, 그때마다 아빠가 등장해 "너, 또 동생한테 왜 그래? 동생 때리지 말라고 했잖아"라고 혼내니 서러움이 더 북받쳐 오를 법도 했다. 얼마 전엔 아이가 잠을 자면서 느닷없이 꺼이꺼이 큰 소리로 울기도 했는데, 아이가 무슨 꿈을 이렇게 서글프게 꾸나 달래다 보니 왠지 그 모든 원인이 어쩌면 다 나에게 있는 것은 아닐까 하는 자책에 빠지게 되었다. 물론 거기엔 아내가 스쳐 지나가듯 던진 말도 한몫했다.

"당신이 너무 둘째 아이 편만 들잖아? 첫째한테는 무조건 잘 보살펴주라고 야단만 치고."

아내가 그렇다면 그런 것.

그래서 지난주엔 첫째 아이만 데리고 공원을 나갔다가 내친김에 피자 집까지 갔다. 어느 책에선가 첫째 아이의 자존감을 높여주기 위해서는 간간이 동생들과 떨어져 따로 외출도 하고 시간도 보내주어야 한다는 문장을 읽었기 때문이다. 오랜만에 아빠와 공원도 산책하고 공터에서 축구도 해서 그런지 아이의 기분은 꽤 괜찮아 보였다.

문제는 피자 집에서 일어났다. 주문을 하고 포장을 기다리고 있었는데, 아이가 제 뒤에 서 있던 한 아이에게 말을 건넨 모양이었다. 뭐, 별다른 말은 아니고 "너 어느 유치원 다니니?" 하는 질문이었다. 한데 뒤에 서 있던 아이는 그 말이 꽤 기분 나빴는지 다짜고짜 아들의 얼굴에 주먹을 날리고 말았다.

"말 걸지 마, 자식아. 나 일곱 살이야."

주먹을 맞은 아들도 그 모습을 바라보고 있던 나도 멍해

질 수밖에 없었다. 워낙 순식간에 일어난 일이었고, 그 어떤 전조도 없이 갑작스럽게 벌어진 일이었기 때문이다. 아들은 주먹에 맞은 제 입을 두 손으로 부여잡고 나를 쳐다보았고, 나는 계속 주먹을 날린 그 아이를 바라보았다. 걱정 마라, 아들아. 이럴 때 나서라고 아빠가 있는 거란다. 나는 그런 마음으로 한 걸음 더 가까이 그 아이 쪽으로 다가갔다. 아들을 때린 아이는 아무렇지도 않다는 듯 계속 손에 쥐고 있는 닌텐도 게임기에만 열중하고 있었다. 아이와 눈을 맞추고 그러면 못쓰는 법이다, 앤 너하고 친해지고 싶어서 그런 거야, 사람을 때리는 건 나쁜 거야, 라고 말하려던 나는…… 그러나 아무런 말도 못 하고 때마침 나온 피자를 들고 얌전히 그곳을 빠져나오고 말았다. 아이의 옆에, 이제 막 화장실에서 나온 추리닝 차림의 우람한 한 남자가 서는 것을 보았기 때문이다.

아들과 나는 피자를 들고 터덜터덜 집으로 돌아왔다. 내내 아들은 말이 없었고, 나도 부러 먼 곳만 바라보면서 걸었다. 그러다가 아들이 먼저 말을 걸어왔다.

"아빠, 왜 아까 걔 안 혼낸 거야?"

나는 흠흠 헛기침을 몇 번 하고 아들의 질문에 대답했다.

"음, 그러면 걔네 아빠하고 아빠가 싸울 거 같아서…… 그래서 그런 거야."

"그러면 아빠가 져?"

나는 걸음을 멈췄다. 그리고 아이의 눈을 한참 바라보았다.

"아니, 그래서 그런 게 아니고…… 싸우는 건 나쁜 일이거든."

이번엔 아들이 내 눈을 한참 동안 쳐다보았다.

"하지만 누굴 때리는 것도 나쁜 일이잖아? 아빠가 지난번에 그랬잖아?"

나는 아들의 말에 아무런 답변도 할 수 없었다. 그건 아들의 말이 맞기 때문이다.

나는 아들의 손을 꼭 잡고 다시 집으로 걷기 시작했다. 왠지 모르게 나는 부끄러웠고 살아가는 일이 더 무겁게만 느껴졌다.

그래서 우리는 조금 더 가까이 있었다

　식구가 한 명 두 명 늘어나니 자연 세간도 따라 불어나고 있다. 장롱도 식탁도 따로 없는 살림살이지만, 대신 그 자리에 서랍장이 책장이 피아노가 세월 따라 하나둘 자연스럽게 들어서게 되었다. 그러자니 24평 아파트가 답답하고 어수선해 보이는 것은 당연한 일. 장롱이라도 하나 들어서면 어느 정도 정리가 될 듯도 한데, 도무지 그럴 만한 공간이 나오질 않았다. 물론 그건 내 욕심 탓도 컸다. 그래도 하는 일이 글 쓰는 일인데 집에 서재는 있어야지 하는 심정으로 중간 방을 모두 책장과 책에게 내주고 나니, 실제론 방 두 칸을 아이들 셋과 아내, 그리고 나머지 세간들이 나눠 쓰고 있는 형국이 되고 만 것이다. 빨래를 개켜보지 않은 사람이 어찌 장롱의 소중함을 알 수 있으랴. 그러니까 내가 딱 그 꼴이었다.

나는 근래 들어 아내가 부쩍 "장롱 하나 갖고 싶다"고 말하는 것을 듣곤, 그걸 곧장 집 평수 늘리자는 말로 해석하고 말았다. 그도 그럴 것이 우리 아파트 단지는 24평, 32평, 40평, 52평 등으로 나뉘는데, 각 평형마다 위치가 따로따로 떨어져 있었다. 그 사람이 어느 동에서 나오느냐에 따라 그 사람이 사는 평수 또한 확연히 드러나는, 그런 구조였다. 나는 아침마다 어린이집 버스에 아이들을 태우는 아내의 입장으로선 그게 좀 스트레스가 되지 않을까, 그렇게 지레짐작하고 만 것이었다.

그래서 또 가정 경제 상황은 전혀 고려하지 않은 채, 얼마 전 버스정류장 근처에 새로 들어선 아파트 모델하우스에 아내와 아이들을 데리고 마치 금방이라도 계약서에 사인할 기세로 들어서게 된 것이다. 40평형으로 새로 지어질 아파트는 방이 네 칸에 화장실도 두 개였으며, 따로 드레스룸도 갖추고 있었다. 거실과 베란다도 널찍해 더 이상 피아노 의자에 빨래를 널지 않아도 될 것만 같은 그런 공간과 크기였다.

"어때? 좋지? 우리 그냥 계약할까?"

안방 붙박이장을 한참 바라보던 아내에게 나는 말해버렸

다. 아내는 그런 나를 뚱한 표정으로 바라보다가 피식 웃으면서 대꾸했다.

"24평 아파트 대출금 갚으려면 아직 삼 년 남았네, 이 아빠야."

"까짓 거 또 대출받으면 되지, 뭐."

"아하, 또 대출을 받으시겠다고요? 대출을 갚다가 환갑 맞이하시겠다고요?"

아내는 그렇게 말하면서 설렁설렁 모델하우스를 둘러보고 난 뒤, 신발장 쪽으로 걸어갔다.

나는 괜히 부아가 나 아내한테 투덜거렸다.

"집 옮기자고 할 때는 언제고……."

"내가 언제 집을 옮긴다고 그랬어? 난 우리 집 좋은데."

"장롱 갖고 싶다며?"

"그건 그냥 장롱 얘기지…… 내가 혼수로 그걸 못 했으니까……."

나는 속으로 아차 하는 마음이 들어 더 이상 아무 말도 하지 못했다. 아내는 아무렇지도 않다는 듯 아이들 신발을 신기고 한 발짝 앞서 걸어가며 말했다.

"저걸 언제 다 청소하라고……."

나는 말없이 죄지은 아이처럼 그런 아내의 뒤를 터덜터덜 쫓아갔다.

그날 밤 늦게 서재에서 나와 안방으로 들어가보니 아내와 세 아이들이 침대 바로 아래 좁은 방바닥에 이불을 깔고 나란히 누워 잠들어 있었다. 침대에서 자면 아이들이 따라 올라올까 봐, 그러다가 행여 아래로 떨어지기라도 할까 봐 아내는 항상 방바닥에서 잠을 잤다. 다닥다닥 붙어 자고 있는 아내와 아이들을 보자니 무언가 뭉클한 것이 가슴 한쪽을 스치고 지나갔다. 그래서 나도 침대 위로 오르지 못하고 그들 틈에 살짝 모로 누웠다. 쌕쌕거리는 아이들의 숨소리가 들리고 아내의 콧김이 내 뺨에 와닿았다. 아이들의 살 내음과 아내의 살 내음도 와닿았다. 누운 자리는 좁았고, 그래서 우리는 조금 더 가까이 있었다.

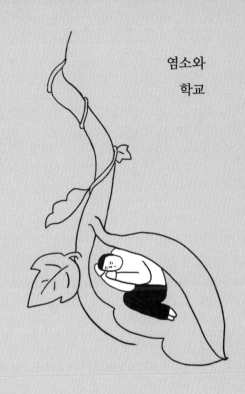

염소와
학교

염소와 학교

지지난 주엔 낯선 편지 한 통을 받았다. 내가 알 수 없는 단어가 죽 나열된 국제우편이었다. 수신인란엔 분명 내 이름이 적혀 있는데…… 앗, 그럼 이건 내가 드디어 국제적인 작가 반열에 올랐다는 뜻인가. 다른 나라에도 내 소설의 열혈 독자가 생겼다는 뜻인가. 생애 한 번도 국제우편을 받아본 적 없는 나는 엘리베이터에 오르면서 허황된 오해를 하고 또 했다.

오해라곤 했지만, 사실 요새 불쑥불쑥 튀어나오는 '근거 없는 자존감' 때문에 스스로 당황했던 적이 한두 번이 아니다. 다니는 직장이나 집에서, 글을 쓸 때나 심지어 쓰레기 분리수거를 하면서도 세상은 나를 중심으로 돌아가고 나는 무조건 옳고 남은 틀리다는 생각이 은연중 내면 한 곳에 완고

염소와 학교

하게 자리 잡고 있는 것을 종종 목격하게 되었다. 어느 시인의 말에 따르면 그게 바로 '꼰대'가 되었다는 방증이라는데, 이런……. 움찔하면서도 계속 그것을 '자존감'으로 포장하면서 위안 삼아 지냈다.

편지는 영어로 쓰인 것 한 장, 다시 그것을 번역한 것 한 장, 그리고 사진 한 장으로 되어 있었다. 물론 그것은 세계 어느 곳에 존재하는 내 열혈 독자에게서 온 것은 아니고…… 수신인은 내 이름으로 되어 있었지만 정확하게는 아내에게 당도한 편지였다. 나는 그것을 집 앞에 서서 읽었다.

지난 성탄절의 일이었다. 직장 일 때문에 일주일 여정으로 베트남에 가게 되었다. 성탄절에 가족은 모두 빼놓고 혼자 베트남이라니(더구나 그때는 셋째가 태어난 지 겨우 한 달이 지났을 무렵이었다). 일 때문이라고는 하지만 아내에게 미안한 마음이 생기는 것은 어쩔 수 없는 일. 해서 여행 경비에서 미리 30만 원을 빼서 식탁에 메모와 함께 올려놓고 나왔다. 애들 장난감도 사주고 장모님과 맛난 것도 사먹으라는, 그저 그런 메모였다.

한데 막상 베트남에서 돌아와보니 아이들에겐 새로 생긴

장난감도 없었고 새로 장만한 옷도 없어 보였다. 대신 아이들은 지독한 감기를 앓고 있었다.

첫째 아이가 말했다.

"어, 크리스마스 때 엄마랑 신나게 눈싸움했거든."

그래서 감기에 걸렸다는 사정. 나는 내심 아내에게 '왜 장난감 안 사주고?' 묻고 싶었지만, 왠지 좀 좀스러운 기분이들어 말하지 않았다. 그때는 셋째 때문에 이것저것 살 것이많았을 때였으니까, 뭐 그래서 그랬으려니 하고 말았을 뿐이었다.

말하자면 반년이 훌쩍 지나 그 30만 원의 행방이 도착한것이었다. 편지는 아내가 나에겐 말하지 않고 벌써 꽤 오랫동안 후원해온 우간다에 사는 '카와토'라는 아홉 살짜리 친구에게서 온 것이었다. 카와토는 지난 성탄절에 특별한 선물을 받았다는 첫 문장으로 편지를 시작했다. 자신과 자신의가족에겐 뜻밖의 선물이었고, 보내준 30만 원으론 암소 한마리와 염소 두 마리를 샀으며, 자신의 운동복과 동생들의옷을 샀다고, 띄엄띄엄 편지에 적었다. 카와토가 암소 한 마리와 염소 두 마리 옆에서 활짝 웃고 있는 사진이 동봉되어

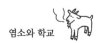
염소와 학교

있었다.

카와토는 편지 말미에 이런 문장을 적었다.

뜻밖의 성탄 선물 때문에 우리 가족의 인생은 바뀌었습니다.

이제 제 동생들도 학교에 갈 수 있게 되었어요.

나는 그 편지를 읽고 난 뒤에도 한동안 집으로 들어갈 수 없었다. 아내는 아마도 내 이름으로 카와토에게 특별 후원금을 보낸 모양이었다. 나는 잠깐 아파트 대출 이자 때문에 오랫동안 가계부를 들여다보던 아내의 모습을 떠올렸다. 마트에서 팔고 있는 값비싼 유모차 앞을 서성이다가 돌아선 아내의 모습도 떠올랐다. 그리고 염소 때문에 학교에 갈 수 있게 된 저 먼 나라 친구를 생각했다. 염소 한 마리에 4만 원. 나는 어쩌면 내가 평생 꼰대가 되지 않는다면, 그건 다 아내 덕분이라는 생각을 했다. 그 마음으로 초인종을 눌렀다.

부끄러움을 배웁니다

지난달 말 안 풀리던 글을 쓰느라 끙끙거리며 애꿎은 볼펜 꼬랑지를 질겅질겅 씹고 있을 때였다. 우둑하는 소리가 나더니 작은 알갱이 하나가 툭 입 밖으로 튀어나왔다. 볼펜이 부러졌나 했더니, 이런, 잇몸에 살포시 가려 있던 사랑니가 반으로 조각나버리고 만 것이었다. 그리고 이어진 통증들……. 그건 뭐랄까, 마치 볼리비아에 살던 염소 한 마리가 내 사랑니에 올라타 바득바득 뿔을 갈고 있는 느낌이었다. 어어억, 나는 부러진 사랑니 조각을 보며 저절로 신음 소리를 내고 말았다.

"걱정 말고, 여기로 가봐. 전화 다 해놨으니까."

약도가 그려진 포스트잇 한 장을 내밀며 아내는 말했다. 사정인즉슨 첫째 아이와 같은 유치원에 다니는 아이 아빠가

염소와 학교

치의학전문대학원을 졸업하고 근처에 새로 치과를 개업했다는 것, 아이 엄마와도 언니 동생 하는 사이니 알아서 잘 치료해주리라는 것. 아내는 그렇게 내 등을 떠밀었다. 나에겐 별다른 선택지가 없었다. 아이 친구 아빠라는데 뭐. 나는 그에게 내 사랑니에 올라탄 볼리비아산 염소를 보여주기로 작정했다.

처음엔 아무 문제 없어 보였다. 문제가 된 사랑니를 뽑고, 바로 그 옆 어금니의 신경 치료도 했다. 상냥하고 맑은 목소리를 지닌 아이 친구 아빠는 말하지 않았는데도 앞니 부근 레진 치료까지 덤으로 해주었다. 그러곤 몇 번 실랑이를 벌였는데도 끝내 치료비마저 받지 않았다(아니, 이 무슨 현대판 '우애 좋은 형제'란 말인가). 나는 마음이 저절로 훈훈해졌고, 그래서 집으로 오자마자 아내에게 '이에는 이, 우애에는 우애'로 갚으라고 신용카드를 건네주었다. 식구끼리 모두 모여 식사를 한번 해도 좋겠다고 말이다. 나는 기분이 제법 괜찮아졌다.

상황이 반전된 것은 그로부터 이틀이 지난 뒤였다. 신경 치료를 받은 어금니에서 서서히 서서히 통증이 일기 시작하

더니 밤이 되자, 뭐랄까, 볼리비아에 사는 염소란 염소는 모조리 다 내 치아에 올라탄 듯 극심한 동통으로까지 이어진 것이다.

나는 다음 날 아침 일찍 다시 아이 친구 아빠를 찾아갔다.

"그럴 수도 있습니다. 원래 신경 치료가 한두 번으로 끝나는 게 아니거든요."

아이 친구 아빠는 아무렇지도 않게, 예의 그 상냥하고 맑은 목소리로 설명해주었지만, 내 마음속엔 그때부터 어떤 미세한 균열이 일어나기 시작했다. 무언가 미숙한 게 아닐까? 내가 아이 친구 아빠라서 부담스러운 것이 아닐까? 그래서 실수한 게 아닐까? 불과 이틀 전에 가졌던 훈훈함은 온데간데없이 사라지고, 나는 계속된 의심과 회의를 볼리비아산 염소의 등짝에 덤으로 올려주었다.

그리고 결국 나는 조급함을 참지 못하고 새로 대학 병원 치과를 찾아가고 말았다.

내 어금니를 이리저리 살펴보던 대학 병원 의사는 조금 퉁명스러운 말투로 말했다.

"누가 했는지 몰라도 잘했네요. 거기서 계속 치료받지 왜 여기까지 오셨어요?"

나는 못내 억울한 목소리로 물었다.

"계속 아파서요. 정말 뭐 잘못된 거 없습니까?"

나이가 지긋한 대학 병원 의사가 말했다.

"신경 치료라는 게 원래 그래요. 느긋하게 의사를 믿고 기다리면 곧 괜찮아지실 겁니다."

나는 어쩐지 대학 병원 의사에게 꾸중을 듣는 기분이었다.

그날 저녁 집으로 돌아온 나는 부엌에서 죽을 만들고 있는 아내를 보았다.

"그냥 밥 먹어도 돼. 진통제 먹어서 참을 만해."

나는 조금 의기소침한 목소리로 말했다. 아내는 내 말에 상관하지 않고 하던 일을 마저 했다. 나는 다시 아내에게 말을 걸었다.

"아이 친구네랑 밥 한번 먹자니까? 약속 아직 안 잡았어?"

그러자 아내가 무덤덤하게 대꾸했다.

"그 형부 말이 다 나은 다음에 만나자네. 안 그러면 모두 함께 죽을 먹어야 한다고."

나는 자꾸 부끄러워졌다. 볼리비아산 염소들은 방향을 바꿔 이번엔 내 가슴 쪽을 향해 몰려오고 있었다.

염소와 학교

가족사진

지지난 주 토요일은 막내 아이의 돌이었다. 첫째 아이 돌 잔치를 남들 하는 것 그대로, 초대장을 돌리네, 커다란 음식점을 예약하네, 한복을 맞추네 마네, 부산스럽게 보낸 학습 효과가 있었던 터라(아아, 그건 정말 끔찍한 경험이었다) 이번에도 둘째 아이 때 그랬던 것처럼 집에서 수수팥떡 올려놓고 우리끼리 박수 치면서 최대한 조용히 보낼 결심을 했다.

"그래도 우리 막내 첫 생일인데 너무 무성의한 거 아닌가?"

내가 무심코 말하자 아내가 곧장 심드렁하게 대꾸했다.

"막내인지 아닌지 어떻게 알아? 긴장 풀지 말라고."

그래서 나는 아내의 말 그대로 긴장한 채 아무런 말도 하지 않았다.

그래도 날이 날인지라 강원도에 계신 부모님과 서울에 사는 형님 내외, 조카들까지 모두 초대해 가족사진을 찍기로 했다. 사진관에서 가족사진을 찍는 것은 아버지 환갑 이후 처음이니까 근 십 년도 더 된 일이었다. 그사이 조카 두 명과 우리 아이들 세 명이 새로 태어났고, 할머니는 더 이상 사진을 찍을 수 없는 먼 곳으로 떠나고 말았다. 그게 못내 씁쓸하긴 했지만, 오랜만에 찍는 가족사진이어서 다들 약간 달뜬 표정이 역력했다. 어머니와 형수님, 그리고 아내는 전날 저녁부터 거실에 주르르 누워 마스크 팩을 했고, 아버지는 가발을 쓰고 찍을 것인가 말 것인가에 대해서 유치원에 다니는 두 손자들에게 진지하게 의견을 묻고 또 물었다. 나는 짐짓 무신경한 듯 "거, 요즘 포토샵으로 다 보정해주니까 신경 쓸 거 없어요"라고 말했지만, 정작 당일 아침 제일 먼저 미용실로 뛰어가는 속 좁은 모습을 보여 모두에게 원망을 듣고 말았다.

　예약한 사진관이 유아 전용 스튜디오인지라 우리 가족은 파란색 하늘을 배경으로 뽀로로와 에디의 의자에 앉아 사진을 찍었다. 아버지는 결국 가발을 착용한 채 사진을 찍었는데, 좀처럼 긴장한 표정을 풀지 않아 사진 기사에게 연신 잔소리를 듣기도 했다. 조카들은 즐거워 보였고, 내 품에 안

염소와 학교

긴 막내 아이도 보채지 않고 방긋방긋 미소를 지었다. 나는 아이의 볼에 내 볼을 비비면서 우리 가족의 어느 한때가 지나가고 있다는 것을 깨달았다. 그러면서 아이의 건강 또한 빌어보았다.

사진을 다 찍고 다시 우르르 벗어놓았던 신발을 신고 나가려던 찰나, 아버지가 나를 따로 불렀다.

"저기 있잖니…… 아버지 독사진 한 장 더 찍자고 해라."

"독사진이요?"

나는 뚱한 표정으로 반문하다가 아버지의 뜻이 무엇인지 깨닫고 손사래부터 쳤다.

"아이참, 아버지도…… 그런 걸 왜 벌써 찍어두세요?"

내 목소리가 너무 컸는지 형님도 어머니도 다시 아버지 주위로 다가왔다. 형님도 말리고 들었고, 어머니는 "좋은 날 왜 주책을 부리냐"며 타박하고 나섰다. 그래도 아버지는 뜻을 굽히지 않았다.

"자식들 편하라고 하는 거지, 뭐. 한 살이라도 젊을 때 영정 사진 찍어둬야지, 더 늙으면 보기 흉해."

아버지는 결국 다시 렌즈 앞에 홀로 앉게 되었다. 나머지 가족은 모두 카메라 뒤에 일렬로 선 채 말없이 아버지의 얼굴을 바라보았다. 조명을 받은 아버지의 얼굴엔 자잘한 주름들이 선명하게 드러났다. 눈언저리는 힘없이 아래로 처져 있었고 반듯하던 입술은 균형을 잃고 한쪽으로 기울어져 있었다. 젊은 날 아버지는 자전거 뒷좌석에 도시락을 싣고 페달을 밟으며 출근을 하곤 했다. 그렇게 페달을 밟아 자식들 학비를 날짜 한 번 어긴 적 없이 제때 납부했다. 그런 아버지가 이제 혼자 의자에 앉아 영정 사진을 찍고 있다고 생각하니 마음이 저절로 먹먹해져왔다. 어쩌면 아버지의 얼굴 구석구석에 가족 모두가 들어 있어 아버지의 독사진이야말로 진정한 우리의 가족사진인 것처럼 느껴지기도 했다. 그런 내 마음을 아는지 모르는지 사진을 다 찍고 난 아버지는 내게 말을 건넸다.

"저기 있잖니…… 아버지 사진은 그냥 보너스로 해달라고 그래라."

나는 아무런 대꾸도 하지 않았다.

사는 곳, 살아야 할 곳

한 달 전쯤 아내와 조금 먼 곳까지 산책을 나갔다가 그곳 부동산에 들러 '덜컥' 새 아파트를 계약하고 말았다. 평소 '조삼모사'와 '갈팡질팡'을 오가는 나 같은 사람은 언제나 그렇게 덜컥 부동산 계약을 맺고 뒷감당하느라 정신을 빼지만, 평소 '신중'과 '둔중' 사이를 오가는 아내가 아무 말 없이 쉽게 동의해준 건 어쩐지 좀 낯설고 의아한 일이었다.

아내는 불과 몇 달 전 집 근처 모델하우스에서 분양 업체 직원의 말을 들으며 "아하, 그렇군요. 이렇게 좋은 아파트가 다 있었군요" 마치 자동차에 세워둔 강아지 인형처럼 마냥 고개를 끄덕거리던 내 팔을 끌고 밖으로 빠져나왔던 사람이다. 이 여자가 나랑 오래 살더니 드디어 조삼모사의 세계로 빠져들고 만 것일까? 나는 그게 걱정돼서 은근슬쩍 아내에게 물어보았다.

"괜찮겠어? 대출을 더 받아야 하는데……."

그러자 아내가 아랫입술을 한 번 꾹 다물고 난 뒤 대답했다.

"거기엔 대형 마트가 없잖아. 그러면 생활비 더 아낄 수 있어."

아내의 계획은 비교적 명확했다. 대형 마트가 없는 동네로 가는 것, 대형 마트가 없는 곳에서 아이들을 키우는 것, 그것이 아내의 의지였다.

사실 지금 살고 있는 아파트 정문 앞엔 5층짜리 대형 마트가 자리 잡고 있다. 그곳 때문에 아파트 가격이 많이 오르고 오가는 사람도 늘어났지만 아내에겐 그것이 적지 않은 스트레스로 작용한 모양이었다. 유치원 버스에서 내린 아이가 엄마 손을 놓고 쪼르르 대형 마트로 뛰어 들어가는 일이 다반사였고, 놀이터에서 잘 놀던 아이가 그 자리에 발딱 드러누워 대형 마트 장난감 코너에 가자며 울며불며 떼를 쓰는 일이 빈번했기 때문이다(물론 거기엔 나 또한 한몫했다. 나는 그곳으로 몇 번 기저귀 심부름을 갔다가…… 덜컥 신지도 않는 등산화를 사기도 했고 두어 번 조물조물 만져보다가 창고로 직행한 카메라를 구입하기도 했으며 자반고등

염소와 학교

어를 사러 갔다가 지금부터 딱 선착순 스무 명에게만 바닷가
재 한 마리를 1만 2천 원에 준다는 말을 듣고 멀뚱멀뚱 줄을
서기도 했다. 나는 그것을 모두 생활비 카드로 결제했다).

그러나 그런저런 일들보다 아내가 상처를 받은 것은 얼마
전 둘째 아이가 다니고 있는 어린이집 선생님과의 전화 통
화, 그것 때문인 것 같았다. 어린이집 선생님은 아이의 친구
관계니 식습관이니 하는 것들을 길게 말하다가 며칠 전 있
었던 장기 자랑에 대해서도 한마디 했다. 거기에서 우리 둘
째 아이는 바로 이런 노래를 불렀다고 한다.

"랄랄랄랄랄랄라 햇빛햇빛햇빛 맑은 날 우리 가족 손잡고
함께 가요, 이마트. 행복해요, 이마트. 해피해피해피 이마트."

나는 뭐 그럴 수도 있지 생각하고 말았지만 돌아보면 아
내는 그때부터 차근차근 이것저것 따지면서 이사 계획을 세
운 모양이었다. 그랬으니 평소 가지 않던 먼 곳까지 산책을
핑계로 나를 데려간 거겠지. 나는 그제야 *끄덕끄덕* 아내의
낯선 결정이 이해되었다.

그 뒤 나는 중도금 문제로 혼자 몇 번 이사 갈 아파트에
들렀다. 다시 한 번 찬찬히 아파트 주위를 둘러보니, 뒤로는
등산로를 품은 작은 산이 있었고 앞에는 산책로를 낀 널따

란 호수가 있었다. 작은 슈퍼가 한 곳, 퀼트 공예집이 한 곳, 트레일러를 개조해 만든 주민 공동체 도서관이 한 곳, 그리고 성당이 한 곳 있었다.

"이사를 가면 아마도 주말엔 아이들을 데리고 등산을 하거나 산책을 하게 되겠군."

나는 주위를 둘러보다가 중얼거렸다. 그것 이외엔 딱히 할 일이 없어 보였다. 전에는 주말마다 아이들을 데리고 대형 마트에 가곤 했는데……. 그곳 놀이동산에 아이들을 맡기고 혼자 가전 매장 앞을 기웃거리거나 무연히 스마트폰을 들여다보곤 했는데……. 거기에까지 생각이 미치자 왠지 나 자신이 부끄러워졌다. 나는 그냥 딱 사는 만큼만 생각하고, 딱 그 안에서만 아이들을 돌본 것 같았다. 그러면서 스스로를 대형 마트처럼 아이들에게 많은 것을 해주는 아빠라고 착각한 모양이었다.

나는 좀 불편한 곳에서 살기로 마음먹었다. 그렇게 결정해준 아내가 고마웠다.

염소와 학교

여자 친구

얼마 전 새로 이사 들어간 아파트 단지는 세대수가 작아서인지는 몰라도 아이들 또래 친구들의 모습을 찾아보기가 힘들다. 이전에 살던 아파트는 놀이터나 공터에 나가보면 '아, 이건 마치 스머프 마을이 따로 없구나' 생각이 들 정도로 고만고만한 아이들이 이리저리 뛰어다니며 알 수 없는 고함을 질러대곤 했는데, 우리의 새 보금자리가 된 호숫가 근처 아파트 놀이터엔 강아지 한 마리 길고양이 한 마리 지나다니지 않았다. 그나마 다행인 것은 큰아이와 같은 유치원에 다니는 여자 친구 한 명이 바로 옆 동에 산다는 것, 그리고 그 친구가 유치원이 끝나면 종종 우리 집으로 놀러 온다는 것이었다. 두 번인가, 그 아이가 우리 집에서 저녁을 먹고 갈 때 함께 식탁에 얼굴을 마주 보고 앉은 일이 있었는데,

먹성도 좋고 성격도 좋아 보이는 '최지수'라는 이름을 가진 여자아이였다. 엄마도 직장에 다니는 듯 주로 할머니가 아이를 유치원 버스 앞까지 배웅하는 모습을 종종 보기도 했다.

문제는 지수가 너무 열성적으로 우리 집에 놀러 온다는 것이었다. 두 주 전쯤이던가 아내는 작게 한숨을 내쉬면서 말했다.

"유치원 버스에서 내리면 곧장 우리 집으로 뛰어 들어오는 거야."

나는 아내의 처지를 이해했다. 둘째와 셋째 아이 챙기기에도 정신없는 아내가, 그 와중에 첫째 아이의 여자 친구까지 대접하는 처지가 되었으니. 나는 아내가 좀 안쓰럽게 여겨졌다.

"지수 엄마한테 사정을 한번 말해보지그래?"

하지만 아내는 내 말에 절레절레 고개를 흔들었다.

"지수가 놀러 오는 건 괜찮은데…… 내가 진짜 걱정되는 건……."

지수와 첫째 아이가 집에서 하는 '놀이'라고 했다. 아내의 말에 따르면 아이들이 집에 와서 하는 놀이란 주로 '엄마 아빠 놀이'인데, 말 그대로 엄마 역할 아빠 역할로 나눠 밥을

염소와 학교

하고 아이를 돌보고 잠을 자는 놀이라고 했다.

"그러지 않아도 소심한 아이가 매일 당근이나 썰고 인형 기저귀나 갈고 있으니……."

아내는 첫째 아이가 예전처럼 칼싸움이나 숨바꼭질도 하면서 놀기를 바랐지만, 웬걸, 첫째 아이는 고분고분 지수가 하자는 대로만 따라 한다는 것이었다. 나는 아내의 그 말엔 별로 걱정을 하지 않았는데 '그거야 뭐, 제 아빠를 닮아서 그런 것을' 하고 생각하고 말았기 때문이다(아울러 아내가 벌써부터 첫째 아이의 여자 친구를 견제하는 것은 아닐까 싶기도 했다).

그러던 지난 토요일 오후 집으로 찾아온 지수와 첫째 아이의 노는 모습을 유심히 관찰할 기회가 생겼다. 별일 아니라고 생각했지만 지켜보니 과연 아내의 걱정이 꼭 과장만은 아닌 것이, 첫째 아이는 지수와 함께 인형 머리를 땋아주면서 계속 흥얼흥얼 노래를 불러대고 있었다. 이러다간 조만간 화장까지 한다고 나설지도 모르겠군. 나는 머릿속으로 그런 생각을 하다가 무의식중에 아이들 앞으로 다가갔다. 그러곤 예전 아이에게 장난치던 방식 그대로 레슬링 자세를 취하면서 첫째 아이의 허리를 붙잡았다. 첫째 아이도 내가 무엇을 하려는지 눈치채곤 내 목에 매달렸다. 우리 둘은 한참 지수는 상관하지도 않은 채 마루 이곳저곳을 굴러다녔다. 그리고 그렇게 몇 번을 굴러다니다가 나는 숨을 씩씩 내쉬면서 지수를 향해 물어보았다.

"지수야, 지수는 아빠랑 뭐 하면서 놀아? 우리는 늘 이렇게 노는데."

그러자 지수는 끔벅끔벅 나를 바라보다가 대답했다.

"아빠 없는데요."

그날, 나는 다시 '엄마 아빠 놀이'에 열중하고 있는 아이들 옆에서 때론 택배 기사 역할을 하다가, 또 때론 할아버지 역할을 하기도 했다. 나는 지수에게 혹 상처를 주지 않았을까 걱정했지만, 지수는 다시 씩씩하게 블록으로 지은 집에서 나오며 택배 기사인 나를 맞이했다. 그래서 나 또한 아무렇지도 않게 지수에게 인사를 할 수 있었다.

어른들은 아이들을 너무 모른다. 아이들을 안다고 생각하는 순간, 그 순간 아이들은 상처를 받을지도 모른다. 아들의 여자 친구가 내게 그것을 가르쳐주었다.

염소와 학교

내 지친 몸 뉠 곳은 어디뇨

　다소 '19금스러운' 말일지 모르나 아내와 같은 침대에서
자본 기억이 가물가물하다. 젖먹이 아이 키우는 부부들은
대부분 격하게 공감하겠지만 각방 생활이 거의 일상이 되어
버린 지 오래다. 우리가 무슨 견우와 직녀라고 일 년에 고작
한두 번 손을 맞잡고 자야 한단 말인가. 하지만 부정하려 해
도 그게 바로 우리 부부가 마주한 현실이었다. 견우와 직녀
는 딸린 애들이라도 없지, 이건 뭐.

　상황은 대강 이렇다. 밤 8시 무렵, 저녁 설거지를 급하게
마친 아내가 안방에 딸린 욕실에서 막내를 목욕시킨다. 그
시간 동안 나는 첫째와 둘째의 양치질을 돕고, 화장실 가는
것을 돌봐줘야 한다. 그러곤 다시 작은방으로 우르르 몰고
들어가 동화책을 읽어줘야 한다. 이때 둘째 아이가 엄마에

게 할 말이 있다거나 막내에게 뽀뽀를 해준다며 돌발적으로 안방을 향해 뛰어가는 일이 왕왕 생기는데, 이를 필사적으로 저지해야 하는 것도 내 할 일 가운데 하나다. 안방은 어느새 불이 꺼져 있고, 보지 않아도 아내는 침대 아래 이불을 펴고 누워 막내에게 젖을 물리고 있을 터. 잠귀 밝은 막내의 꿈자리를 방해하는 날엔 자정을 훌쩍 넘어서까지 안아주고 업어주고 달래줘야 하는 불상사가 발생한다. 그러니 이건 마치 월드컵 결승에서 페널티킥을 눈앞에 둔 골키퍼의 심정이 될 수밖에, 그렇게 필사적으로 작은방 문을 사수할 수밖에…….

그렇게 삼십 분 가까이 동화책을 읽어주다 보면, 첫째와 둘째는 '재크와 콩나무' 속 거인과 함께 잠이 들고, 그제야 나도 조용히 작은방에서 빠져나올 수 있게 된다. 이때부터 비로소 나도 무언가 쓰거나 읽거나 할 수 있는데, 문제는 새벽 무렵 다시 잠을 자러 방으로 들어갈 때 생긴다. 안방으로 들어가 침대에서 잠을 자자니 무언가 미안한 마음이 들어 차마 그럴 순 없는 노릇이다. 아내는 옷을 갈아입지도 못하고 양말을 벗지도 못한 상태로 막내 옆에 그대로 지쳐 쓰러

져 잠들어 있는 경우가 많았다. 침대와 서랍장 사이, 좁은 공간에서 막내와 함께 잠을 자자니 발도 제대로 뻗지 못하고 몸도 늘 한쪽으로 모로 누운 자세였다. 그런 아내를 보면서 혼자 침대에 누워 편하게 잠들 수는 없는 법(한번은 눈 딱 감고 그렇게 침대에서 잠을 자다가 내 잠꼬대에 막내가 깨고 말았다). 그래서 늘 다시 작은방으로 들어가 둘째 아이 침대에서 함께 잠을 자곤 했는데(첫째 아이는 덩치가 제법 커져서 함께 아동용 침대에 눕기엔 무리였다) 얼마 전엔 이런 일이 있었다.

　새벽 4시 무렵이었던가, 급한 원고를 마무리하고 별생각 없이 둘째 아이 침대로 올라갔는데 아이가 슬쩍 눈을 뜨며 자리에서 일어났다. 세는 나이론 이제 다섯 살이 되었다지만 만으론 고작 세 살밖에 안 된 아이가, 동생 때문에 늘 엄마와 떨어져 잔다는 게 안쓰러워 마음 한쪽이 조금 짠해지기도 했다.
　엄마 품이 그리워서 깼구나, 엄마 대신 아빠가 안아줄게. 나는 속으로 그렇게 말하면서 다시 아이를 자리에 눕히려고 했다. 한데 아이 입장은 그게 아닌 것 같았다.

염소와 학교

"아빠, 또 나랑 같이 잘 거야?"

아이는 잠이 덜 깬 목소리로 물었다.

"그럼. 아빠가 옆에서 자야지 나쁜 괴물들이 절대 못 쳐들어오지."

나는 아이 베개를 베면서 말했다. 아이는 그런 나를 보면서도 쉽게 자리에 눕지 않았다. 그러곤 이내 말했다.

"나, 혼자 자고 싶은데."

나는 잠깐 멈칫했지만 내색하지 않고 계속 모른 척 누워 있었다.

"아빠 없으면 괴물들이 쳐들어올지도 몰라."

나는 애써 침착한 목소리로 말했다. 하지만 아이는 완강했다.

"괴물 안 와. 나도 형처럼 혼자 자고 싶단 말이야."

"괴물 온다고!"

나도 모르게 그만 목소리가 커지고 말았다.

그 밤, 나는 둘째 아이와 한참 말싸움을 하다가 씩씩 숨소리를 크게 내쉬면서 혼자 거실로 나왔다. 그러곤 소파에 이불을 덮고 누웠다.

'이건 뭐 견우와 직녀가 아니라 밤마다 혼자 외롭게 콩나무를 오르는 재크 같구나.'

그러면서 또 이런 생각도 들었다. 아버지는 그 옛날 지친 몸을 어디에 뉘었을까? 그때는 거실도 없는 단칸방이었는데, 그때 아버지는…….

염소와 학교

사랑에 빠졌나 보다

올해 일곱 살이 된 첫째 아이가 아무래도 사랑에 빠진 모양이다. 상대는 같은 유치원 하늘반 친구인 김서영. 나는 그 사실을 얼마 전 아들의 기도를 통해서 처음 알게 되었다.

물론 그 이전부터 몇몇 조짐들은 있었다. 여섯 살 때와는 다르게 오랜 시간 거울 앞에서 머리를 빗어 넘기질 않나(아들은 내게 '강남스타일' 아저씨 머리처럼 해달라고 졸랐다) 형광색 운동화를 사달라고 떼쓰질 않나 다른 바지를 입고 유치원에 가겠다고 까탈을 부리지 않나, 이상 징후들이 하나둘 눈에 띄었던 것이다. 하지만 그거야 뭐 단순히 아이에게도 취향이라는 것이 생기고, 이제 조금씩 조금씩 친구들의 눈도 의식하기 시작한 거겠지. 나는 딱 그 정도 수준에서 생각하고 말았다.

그러나 뒤돌아 따져보니 아이의 특이한 화법이 시작된 것도 바로 그즈음이었다. 아이는 누군가 손을 잡고 가는 모습을 보거나 철새들이 무리 지어 날아가는 모습을 보아도 "어, 사랑에 빠졌나 보다" 저 혼자 감탄사처럼 내뱉곤 했다. 축구 경기에서 두 선수가 몸싸움을 하다가 뒤엉켜 넘어져도, 두 사람이 함께 박스를 나르는 모습을 보기만 해도 "어, 사랑에 빠졌나 보다" "어, 사랑에 빠졌나?"를 연발했다. 그리고 그로부터 불과 보름도 지나지 않아 정작 사랑에 빠진 사람은 자신이라는 것을 스스로 고백하기에 이르렀다.

독실한 기독교 신자인 아내는 아이들과 함께 잠들기 직전 불을 끄고 누운 상태에서 종종 소리 내어 기도를 하곤 했는데, 때때로 첫째 아이나 둘째 아이가 그 역할을 대신하기도 했다(말하자면 '대표 기도'를 했던 것이다). 그래봤자 아이들의 기도 내용이란 대개 '아빠가 닌자고 장난감을 사주게 도와주세요'라든가 '내일은 실내 놀이터에 놀러 가게 도와주세요' 같은 우리 부부가 빤히 예상할 수 있는 수준에 지나지 않았다. 하지만 문제의 그날, 첫째 아이의 기도에서 별안간 낯선 이름이 등장한 것이다.

염소와 학교

"하나님, 김서영이 내일도 아프지 말고 유치원에 꼭 나올 수 있도록 도와주세요."

아이들 양쪽 끝에 누워 있던 우리 부부는 거의 동시에 첫째 아이를 바라보면서 물었다.

"김서영? 김서영이 누구야?"

당황스러웠던 것은 첫째 아이의 반응이었는데, 아이는 아무 말도 하지 않고 저 혼자 클클 웃으면서 이불을 푹 뒤집어 썼다. 이 무슨……. 그런 모습을 바라보면서 둘째 아이가 말했다.

"어, 형이 사랑에 빠졌나 보다?"

그로써 모든 것이 명백해졌다. 또 때는 벚꽃이 하나둘 하늘을 물들이는 봄날이니 사랑에 빠지는 일 또한 불가항력적이겠지. 나는 그렇게 생각했다. 어디 대학 캠퍼스에만 사랑이 존재하겠는가, 유치원 뒤뜰에도 서로가 서로의 얼굴을 노랗게 물들이면서 서서히 서서히 서로에게 손을 내밀겠지. 나는 갑자기 아들을 꼭 껴안아주고 싶은 충동이 들었다. 그런 내 마음을 아는지 모르는지 아이는 계속 이불을 뒤집어쓴 채 클클 웃기만 했다.

문제는 이후 아이의 기도가 노골적으로 '김서영'만을 위한, '김서영'에 대한 기도로 모두 채워졌다는 점이다. 그건 뭐랄까, 마치 하늘에 계신 하나님은 오직 '김서영'만을 위해 존재하는 분인 것만 같은 느낌을 자아내기도 했다.

"내일 신문지 게임 할 때 김서영이 안 다치게 도와주세요."

"내일 김서영이 옷 따뜻하게 입고 오도록 도와주세요."

이런 기도를 가족 모두 멀뚱멀뚱 듣고 있어야만 했다. 그래도 가족 기도인데 아무리 사랑에 빠졌다고는 하나 동생들, 엄마를 위한 기원 또한 한마디 나와줄 법도 한데, 무심해라, 첫째 아이는 오직 '김서영'만을 찾았다. 그래서 우리 모두가 '김서영'과 함께 사는 듯한 느낌마저 들었다.

며칠 내내 그런 기도를 듣다못해 내가 아들에게 툭 한마디 건넸다.

"아들, 그래도 엄마랑 동생들을 위해서도 기도해줘야지. 김서영 때문에 엄마 삐치겠다."

내 말을 들은 첫째 아이는 잠시 무언가 생각하는 듯 침묵을 지켰다. 그러곤 다시 기도를 올렸다.

"하나님, 엄마를 위해서도 기도합니다. 우리 엄마가 요리를 잘하게 도와주세요."

염소와 학교

나는 뭐랄까, 하지 않아도 좋을 말을 한 기분이었다. 아내
는 말이 없었다.

바다가 갈라지든 땅이 솟아오르든

전라남도 진도에 가면 일 년에 한 번씩 바다가 두 쪽으로 갈라지는 희한한 광경을 직접 목격할 수 있다고 한다. 섬에서부터 섬까지 길이 나고 사람들이 직접 그 길을 걸어 다닐 수도 있다고 하니 관광객들이 몰려드는 것은 당연지사. 지자체에선 아예 그 무렵이 될 때마다 '신비한 바닷길 축제'를 열어 이런저런 부대 행사를 함께 진행하는 모양이었다.

나는 그 모든 것을 인터넷 검색을 통해서 알게 되었다. 왜? 왜는 무슨……. 오랜만에 고향에서 부모님이 내려오셨기 때문이다. 부모님이 가까운 곳에 사셨을 땐 그렇지 않았는데, 고속버스로 네 시간 이상 걸리는 거리에 떨어져 지낸 다음부턴 이상하게 만나면 꼭 어딘가를 모시고 나가야 한다는, 무언가 구경시켜 드려야 한다는 압박감 같은 것에 시

염소와 학교

달리게 되었다.

그래서 이번엔 진도에 가기로 마음먹었다. 마침 부모님이 도착하신 날짜와 축제 날짜가 겹쳐 다른 곳은 안중에도 두지 않고 오직 그곳으로 행선지를 결정했다. 바다가 갈라진다니, 우리 생애 언제 또 그런 장관을 볼 수 있겠는가. 나는 그 생각만으로도 벌써 효자가 된 기분이었다.

출발은 순조로웠다. 내비게이션도 새로 업데이트를 해두었고 진도 근처 맛집도 몇 군데 알아두었다. 바닷길이 열리는 시간도 8천 원짜리 무릎 장화를 사야 바닷길을 체험할 수 있다는 사실도 모두 체크해두었다. 관광객들 때문에 길이 막힐 수 있으니 넉넉하게 세 시간 전에 도착할 수 있도록 점심을 먹자마자 출발한 것도 그 때문이었다.

"너무 먼 곳까지 가는 거 아니냐? 아이들도 아직 어린데……."

어머니는 운전대를 잡은 내 등 뒤에서 말씀하셨지만 싫은 내색은 아니었다. 막내는 아내 품에서 이미 잠들어 있었다.

"그래도 이런 걸 봐야 동네 아주머니들한테 자랑할 거리가 생기는 거예요. 막내아들 집에 갔다가 바다가 갈라지는 것을 구경했다고…… 아, 그럼 동네 아주머니들이 그 집 막내 아들이 모세란 말인가 하고 막 물어볼 거 아니에요?"

나는 어머니가 전혀 이해하지 못하는 농담을 하면서 혼자 낄낄거렸다. 그만큼 나는 웬일인지 가슴 한구석이 계속 뻐근했고, 살짝 흥분했던 것도 사실이었다.

예정대로 진도 행사장에 세 시간 먼저 도착해서 우리는 바다 이곳저곳을 둘러보았다. 바다가 갈라진다는 것을 빼곤 그리 특색 있는 바닷가는 아니었다. 축제 행사장답게 사람들도 많고 노점상도 많고 아이들도 많았다. 시간 계산을 해보니 진도 읍내 맛집에서 이른 저녁을 먹고 돌아오면 바다가 갈라지는 시간과 얼추 맞아떨어질 것 같았다.

"뭘 또 나가서 먹니? 그냥 여기서 대충 먹지."

아버지는 말씀하셨지만 나는 고집을 부렸다.

"그래도 먹을 건 제대로 먹어야죠."

결과적으론 그게 결정적인 문제가 되고 말았다. 분명 행사장 관계자는 저녁 7시에 바다가 갈라진다고 했는데 그래서 그 시간에 맞춰 부지런히 저녁을 먹고 돌아왔는데 이런, 바다는 그새 두 쪽으로 갈라졌다가 이내 아무 일 없었다는 듯 다시 한 몸이 되어버린 직후였다. 사람들은 우르르 행사

염소와 학교

장을 빠져나가고 있었다.

"아니, 이게 어떻게 된 거죠? 분명 7시에 갈라진다고 했는데?"

나는 행사장 관계자를 붙들고 따지듯 물었다.

"에이, 바다가 하는 일을 우리가 어떻게 알겠어요. 평상시엔 7시에 갈라졌는데, 오늘은 6시에 갈라졌네요."

나는 망연한 표정으로 바다를 바라보았다. 내 등 뒤론 아버지와 어머니, 아내와 세 아이들이 서 있었다. 바다가 갈라지는 것을 보기 위해서 왔는데, 우리 앞엔 그냥 바다가 놓여 있을 뿐이었다. 첫째 아이가 "어, 아까 그 바다잖아?" 하고 심드렁하게 말하는 것이 들렸다.

"됐다, 가자."

어머니가 아이들 손을 잡으면서 말씀하셨다.

"바다가 갈라지든 땅이 솟아오르든 난 내 새끼들하고만 같이 있으면 아무 상관없다."

그 말을 듣자니 나는 어쩐지 조금 눈물이 날 것만 같았다. 바다가 갈라지든 땅이 솟아오르든, 어머니는 어머니일 뿐, 아버지는 아버지일 뿐. 나는 계속 그 말만 중얼거리면서 서 있었다.

아내의 귀환

봄이 되고 직장 내 이런저런 일들이 많아지면서 점점 더 귀가하는 시간이 늦어졌다. 그래도 예전엔 이른 시간에 집에 돌아와 아이들과 놀아주기도 하고 씻겨주기도 했는데, 요샌 그런 일들이 도통 뜸해진 것이었다. 어쩌다 한 번 저녁식사 시간에 맞춰 들어온 날에도 식탁에 앉아 꾸벅꾸벅 졸기만 했으니, 아내 입장으로선 그런 모습이 꽤나 안쓰럽게 여겨진 모양이었다. 아내는 아이들을 우르르 작은방으로 몰아넣은 후 말했다.

"앞으론 그냥 아이들 다 자고 있을 때 들어와. 괜히 와서 도와준다고 몸만 더 축내지 말고. 단……."

아내는 그러면서 한 가지 단서를 달았다. 토요일 하루만 온전히 자기 시간을 달라는 것, 그래야 자신도 스트레스 받

염소와 학교

지 않고 일주일을 지낼 수 있을 것 같다는 말이었다. 나로선 그것이 일종의 '배려'로 다가왔기 때문에 거부할 이유도 마음도 없었다. 토요일 하루뿐인데, 뭘. 나는 조금 미안한 마음으로 고개를 끄덕거렸다.

돌아온 첫 번째 토요일엔 마침 아내의 사촌 여동생이 놀러 왔다(사촌 여동생은 '중2'였다. 말로만 듣던 그 중2!). 아내는 사촌 여동생과 영화를 한 편 볼 계획을 세웠다. 그러곤 나에게 조심스럽게 "괜찮겠어?"라고 물어왔다. 이미 약속한 것도 있고 중2 사촌 여동생과 한집에 있는 것도 만만치 않을 것 같아 나는 어깨를 한 번 으쓱하는 것으로 대답을 대신했다. 그리고…… 그로부터 일곱 시간 동안, 나는 하늘이 노랗게 변하고 땅이 갑자기 얼굴 앞까지 일어나고 종아리가 저절로 후들거리며 귀울음처럼 웅웅거리는 소리가 끊임없이 귓가를 맴도는, 그런 낯선 경험을 하게 되었다. 생각해보니 그건 내가 온전히 혼자 힘으로 세 아이를 돌본 첫 번째 날이었다. 그건 예상과도 다르고 또 짐작과도 다른 일이었다(물론 시간을 조금 빨리 보낼 마음으로 외출한 게 실수였다. 유치원생인 두 아이는 그곳이 도로인지 인도인지 그건 우리가 신경 쓸 일 아니라는 듯 냅다 뛰기 시작했고, 막내인 셋째는 내 품에 안겨 계속 3단 옥타브를 십분 활용, 최선을 다해 울어댔다). 하지만 그렇다고 해서 아내에게 대뜸 미안하지만 안 되겠다고, 주말엔 그냥 함께 아이들을 돌보자고 말할 순 없었는데, 그건 그동안 혼자 힘으로 아이들을 돌봤을 아내의 하루하루가 떠올랐기 때문이다. "몇 번 더 해보면 적응이 되겠지." 나는 공원 벤치에서 셋째의 기저귀를 갈아주며 중얼거렸다.

다시 돌아온 두 번째 토요일 아침, 아내는 두툼한 장편소설 한 권을 들고 외출했다. 학교 다닐 때처럼 하루 내내 카페에 앉아 책 한 권 읽어보는 것, 그것 또한 아내의 버킷리스트 중 하나였다. 아내는 현관을 나서기 직전, 예의 또 "괜찮겠어?"라고 물어왔지만, 그래서 나는 씨익 웃으며 걱정하지 말라고 말했지만, 그러나 속으론 '좀 얇은 책이면 안 되겠니, 시집도 좋은 게 많은데' 생각한 것도 사실이었다.

아내가 외출한 뒤 오늘만큼은 어떻게든 집에서 한 발자국도 움직이지 않고 아이들을 돌보겠다고 마음먹었지만, 또 때는 따사로운 봄날이어서 아이들은 다닥다닥 거실 유리창

염소와 학교

에 달라붙어 놀이터를 가리키며 계속 애처로운 표정으로 나를 쳐다보았다. 그러니 별수 있나. 딱 놀이터만 가기로 약속하고 밖으로 나왔지만…… 이런, 이내 또 하늘은 노랗게 변해가고, 놀이터 땅바닥은 자꾸 눈앞으로 벽처럼 일어났다. 그런 내 사정을 아는지 모르는지 아이들은 그네를 밀어달라 미끄럼틀에 올려달라 서로 졸라대기만 했고…….

그렇게 한 시간쯤 지났을 무렵, 등 뒤에서 막내 이름을 부르는 아내 목소리가 들려왔다. 아, 씨…… 그러지 않으려고 했는데 그 순간 갑자기 가슴이 뭉클해지고 눈물까지 나려고 했다. 하지만 나는 티 내지 않으려고 노력했다. 나는 짐짓 놀란 척 아내에게 말했다.

"왜 벌써 왔어? 더 있다가 오지 않고?"

그러자 아내가 대답했다.

"카페에…… 다 애들하고 함께 온 엄마들뿐이더라구…… 그러니 내가 있을 수가 있어야지."

아내는 그러면서 막내를 안아들었다. 나는 아내 앞에 무릎이라도 꿇고 싶은 심정이었다.

늙고 늙어 병들면

근래 들어 아내 몸이 부쩍 허약해진 느낌이다. 감기 한 번 걸리지 않고 겨울을 나던 사람인데 체기로 자리보전한 채 일어나지 못하던 날들이 몇 번 생기더니 한 달 사이 뺨 언저리도 홀쭉해지고 체중도 많이 빠진 기색이었다. 병원에 가보겠다고 말은 했지만 아내로선 그 역시도 쉬운 일은 아니었으리라. 24시간 내내 아내 곁에서 떨어지지 않으려는 막내와 유치원 등하교 시간마다 배웅하고 마중해야 하는 첫째와 둘째, 거기에 직장 일은 직장 일대로 원고 쓰는 일은 원고 쓰는 일대로 끙끙거리며 앓는 소리를 해대는 남편 덕분에 제대로 된 짬을 내지 못하는 눈치였다.

돌이켜 생각해보면 아내 몸이 그동안 탈 나지 않고 버텨온 것도 거의 기적 같은 일이었다. 각각 두 살 터울인 세 아이를 모두 모유 수유하면서 거기에 남편 끼니 챙긴답시고 매번 따뜻한 밥까지 지어댔으니(아내는 놀랍게도 전기밥솥을 사용하지 않는다. 거기에 한번 들어가면 따뜻한 밥이 아니라고 생각하니, 이 무슨……) 아무리 무쇠 같은 몸이라도 버텨내긴 어려운 일이었을 터. 막내가 태어난 이후로 나는 아내가 식탁에 앉아 제대로 된 식사를 하는 것을 몇 번 보지 못했다. 아내는 늘 막내를 등에 업은 채 선 자세 그대로 밥술을 뜨는 둥 마는 둥 끝내곤 했다(그 때문에 내가 몇 번 막내를 품에 안은 채 밥을 먹은 적이 있었는데…… 말을 말자. 숟가락이 입으로 들어가는지 눈으로 다가오는지 알 수 없었으니). 잠이라도 푹 자면 좋겠지만 새벽 두세 시만 되면 무슨 돌림노래 하듯 둘째와 셋째가 번갈아 칭얼거리면서 일어나니, 그것 역시 아내로선 요원한 일일 뿐이었다.

며칠 전 휴일엔 그래도 내가 오랜만에 청소기로 집 안 곳곳을 밀고 저녁식사마저 일찍 끝나 잠시 아내에게도 쉴 틈이 생겼다. 아내는 거실 소파에 앉지 않고 그대로 바닥에 주저앉아 두 주먹으로 콩콩 제 종아리를 두들겨댔다. 내가 좀 주물러주었으면 좋았을걸, 나 역시도 막내를 허리 위에 태운 채 거실 한가운데를 몇 바퀴째 기어 다닌 처지였다. 나는 그냥 아내 옆에 반쯤 드러누워 가만히 아내의 프로필만 바라보았다. 그나마 다행이었던 것은 이제 다섯 살이 된 둘째 아이가 제 엄마의 다리를 꾹꾹 두 손으로 주물러주겠다고 나섰다는 점. 아내는 그런 둘째를 바라보면서 말 그대로 '엄마 미소'를 지으며 물었다.

"우리 둘째 다 컸네. 아들 나중에 엄마 늙고 할머니 되어도 이렇게 주물러줄 거야?"

다른 아이들에 비해 잔정도 많고 마음도 약한 둘째였기에 나는 그럴듯한 답변을 예상했다. 엄마가 할머니가 되는 게 싫다든지 그때도 자기가 계속 주물러주겠다든지, 뭐 그런 예상 가능한 답변 말이다. 하지만 그날 둘째의 입에서 나온 대답은 좀 엉뚱한 것이었다.

"엄마가 할머니 되면? 그럼, 엄만 이제 하늘나라 가야지."

순간 아내의 얼굴도 굳어졌고, 거실 탁자에 앉아 책을 보던 첫째의 얼굴도 뚱하게 변해버렸다. 나는 조금 당황하지 않을 수 없었는데, 그냥 아무것도 모르는 철부지 아이의 말이라고 생각하며 웃고 넘길 줄 알았던 아내의 눈에서 이내 뚝뚝 눈물이 떨어졌기 때문이었다.

"어, 어……."

나는 제대로 말을 건네지 못한 채 아내의 어깨를 감싸 안았다. 그러는 사이 첫째는 둘째를 데리고 자기들 방으로 들어갔다.

"뭘 그런 걸로 울어? 아이가 아무것도 모르고 한 말인데……."

나는 토닥토닥 아내의 어깨를 두들겨주며 말했다.

"아니, 난 그게 아니고…… 나중에 아이들만 남을 걸 생각하니까……."

아내는 내내 눈물을 그치지 않았다. 나는 아내가 예전보다 훨씬 더 약해졌다는 생각이 들었다. 그리고 아내를 꼭 병원에 데려가야겠다고 마음먹었다.

얼마나 그러고 있었을까? 둘째를 데리고 방으로 들어갔던 첫째가 거실로 나와 우리 부부 앞에 섰다. 그러곤 굳은 얼굴로 말했다.

"율이가 말한 건 하늘나라로 엄마를 비행기 태워서 가겠다는 거래요. 그러니까 엄마를 비행기 많이 태워주겠다는 얘기래요."

나는 어쩐지 첫째가 거짓말을 하고 있다는 생각이 들었다. 아내는 우는 듯 웃는 듯한 얼굴로 첫째를 꼭 안아주었다.

염소와 학교

쿨한 이별

처형이 하는 사업에 문제가 생겨 몇 달 동안 아내가 일을 돕기로 결정했다. 처형의 사업장이 있는 곳은 경기도 부천. 그러니까 우리가 사는 전라도 광주에선 출퇴근을 할 수 없는 곳. 아내는 몇 날 며칠 고민하더니 아이들을 데리고 반년만 부천에서 지내고 오겠다고 선언했다. 워낙 갑작스러운 일이어서 나는 그냥 "어, 어" 하고 말할 수밖에 없었다. 처형의 처지가 딱한지라, 그런데도 반대를 한다는 게 어쩐지 좀 이기적이고 염치없어 보였기 때문이었다.

"뭐, 언니 일 때문이기도 하지만 월급도 준다니까……."

아내는 내년 여름에 다가올 아파트 대출금 만기 시한을 얘기했다.

"그것 때문에 그래? 그럼 가지 마. 대출금은…… 내기 이떻게 해볼 테니까……."

나는 굳은 얼굴로 아내에게 말했다.

"그것보다도…… 당신 혼자서 글 쓰고 싶다고 했잖아? 이
번 기회에 당신 글 좀 제대로 써보라고."

그러고 보니 언젠가 나는 아내에게 지나가는 말로 "딱 석
달만 혼자서 글을 쓰면 대작이 나올 것도 같은데……" 운운
했던 적이 있었다. 소설이 제대로 써지지 않아 어린아이처럼
투정을 부린 것뿐인데, 아내에겐 그게 단순한 투정으로 들
리지 않은 모양이었다.

"여섯 달뿐인데, 뭐. 그리고 주말에 아이들하고 계속 내려
올 거야. 다른 걱정은 하지 말고."

아내는 조금 단호해 보였다. 나는 어쩐지 아내가 처형보
다는 나를 위해 부천에 올라가는 것만 같았다. 그래서 조금
더 부담스럽기도 했다.

문제는 아이들이었다. 아이들도 엄마를 따라 올라가야 했
으니, 다니던 유치원과도 그만 작별을 할 수밖에 없었다. 그
동안 선생님들과도 정이 많이 붙고 친구들과도 작지 않은 우
정이 쌓인 것 같은데 어쩌나. 둘째 아이는 별문제 없다고 해

염소와 학교

도 첫째 아이는 걱정이 되었다. 특히 언젠가 내가 이 자리를 통해 말한 적이 있는 김명서(원래 프라이버시를 위해 '서영'이라는 가명을 썼으나, '김명서'가 본명이 맞다. 본인이 원해 이 자리에 본명을 쓴다), 첫째 아이가 사랑에 빠진 김명서와 어떻게 작별을 하나 아내와 나는 대뜸 그 걱정부터 들었던 것이다.

그래서 아이가 마지막으로 유치원에 등교한 날, 아내와 나는 카메라를 들고 함께 그곳으로 찾아갔다. 동영상으로 아이 친구들의 작별 멘트도 찍고(특히 김명서를 집중적으로 찍었다) 작은 선물도 하나씩 나눠주었다(특별히 김명서에겐 편지도 써주었다). 첫째 아이는 그리 슬퍼 보이지도 않았고, 속으로 애써 감정을 삭이는 것 같지도 않았다. 괜찮냐는 우리 부부의 말에 첫째 아이는 대답했다.

"일주일에 한 번씩 온다며? 친구들은 그때 보면 되지, 뭐."

첫째 아이는 제법 씩씩해 보이기까지 했다.

아내와 아이들이 부천으로 올라간 것은 지지난 주 토요일의 일이었다. 작은 짐을 날라주고 혼자 광주 집에 앉아 있으니 마음이 여간 쓸쓸한 게 아니었다(아내는 그 마음으로 소설을 쓰라고 했지만 그게 뭐 어디 내 마음대로 되는 일이던가). 그래서 하루 대여섯 번씩 아이들과 통화를 하게 되었다. 아이들은 그곳에서 새 어린이집에 다니게 되었고, 새로운 태권도 도장도 다니기 시작했다.

"괜찮니? 아빠 안 보고 싶어?"

나는 통화를 할 때마다 꼭 그렇게 묻곤 했다. 그때마다 아이들은 건성건성, 그러나 밝은 목소리로 대답했다. 나는 괜히 시무룩해져 첫째 아이에게 이렇게 묻기도 했다.

"명서는? 명서는 안 보고 싶어?"

내가 묻자마자 갑자기 둘째 아이가 수화기를 뺏어 들곤 대신 말했다.

"아빠, 형 여기서 또 다른 사랑에 빠졌다! 누구냐 하면 여기 어린이집에 다니는 이난영 누난데⋯⋯."

둘째 아이가 거기까지 말했을 때, 거칠게 수화기를 뺏는 소리가 들렸다. 그리고 그와 동시에 "야, 그걸 벌써 말하면 어떡해" 하는 목소리가 들려왔다.

나는 뭐랄까, 할 말이 없어진 기분이었다.

염소와 학교

너는
어느 별에서
왔니?

소머리 국밥

지난달엔 친척들과 1박 2일 피서를 다녀왔다. 원래 여름 피서는 아버지, 어머니, 그리고 형님 댁 식구들과 다녀오곤 했는데, 이번엔 평소와 다르게 규모가 좀 커져버렸다. 육 남 매의 첫째인 아버지가 형제 분들에게, 그 자식들에게까지도 모두 함께 가자고 전화를 돌린 까닭이었다. 손가락으로 숫자 를 헤아려보니 모두 서른두 명.

"아니, 꼭 그렇게 가야 해요? 작은아버지들도 고모들도 다 성가실 텐데……."

나는 아버지가 없는 자리에서 투덜거렸다.

"네 아버지가 어렸을 때처럼 형제들하고 모깃불에 둘러앉 아 얘기 한번 해보는 게 소원이라잖니."

어머니는 이미 다 깐 마늘을 다듬으면서 퉁명스러운 목소리로 대답했다. 여름 피서의 목적은 잠시 더위를 피한다는 뜻도 있겠지만, 우리 집의 경우 여자들이 잠깐 육아와 식사 문제에서 손을 놓는다는 의미도 있었다. 물놀이를 하다가 백숙이나 조개구이 같은 것을 사먹는 것. 그것이 지금까지 우리 가족 피서 매뉴얼이었다. 한데 서른두 명이 함께 떠난 다면 사정은 달라질 수밖에 없었다. 더구나 장소는 아버지 친구 소유의 비어 있는 전원주택이었다. 근처엔 식당 하나 구멍가게 하나 없다는 게 그곳을 한 번 다녀온 적 있는 어머 니의 전언이었다.

"서른두 명을 뭘 먹이노? 남편 하나 잘 둬서 여름에도 명 절 한 번 더 치르게 생겼구나."

어머니는 플라스틱 절굿공이로 쿵쿵 마늘을 찧기 시작했다.

피서 당일, 어머니가 준비한 것은 커다란 소머리 두 개였 다(아아, 나는 이제껏 소머리 국밥집에서 허겁지겁 그것을 먹어본 적은 많았지만, 조리 과정을 지켜본 것은 그때가 처 음이었다. 그러니까 그것은 진짜…… 누군가의 머리였던 것 이다).

"이놈으로 국을 끓이고 수육을 만들면 두 끼는 무난할 거야."

어머니는 전원주택 마당에 커다란 가마솥 두 개를 내걸고 소머리를 끓이기 시작했다. 나는 건성건성 그 옆으로 장작을 날랐다. 얼마 지나지 않아 가마솥에선 후끈한 열기가 올라왔다.

한 명 두 명 친척들이 도착하면서 조용하던 전원주택은 아연 활기 넘치게 변해버렸다. 군에서 제대한 사촌 동생도 모습을 보였고, 올가을 결혼을 하는 고종사촌은 예비 신부를 데리고 오기도 했다. 아버지와 작은아버지들 그리고 고모부들은 낮부터 평상에 앉아 술잔을 기울였고, 고모들과 사촌들은 전원주택 옆 계곡으로 우르르 몰려갔다. 아이들은 저희들끼리 물총 싸움에 열중했다. 오직 어머니만이 무더운 8월의 한낮에 땀을 뻘뻘 흘리며 가마솥 곁을 지키고 앉아 있었다. 어머니는 연기가 매운 것인지 화가 난 것인지 잔뜩 인상을 쓴 채 말이 없었다. 그래서 나는 조금 조마조마한 마음이 들기도 했다.

점심을 삼겹살로 해결한 친척들은 저녁때가 되자 어머니가 직접 썰어 내온 수육과 두부김치로 배를 채웠다. 갓 삶은 수육은 쫄깃하고 연했으며 잡냄새도 나지 않았다. 어머니는 밥상마다 돌아다니며 빈 접시에 수육을 다시 채워주었다.

형제들과 함께 모깃불 앞에서 밤새 두런두런 이야기를 하고 싶다던 아버지는…… 초저녁잠을 이기지 못하고 일찍 잠자리에 드셨고, 친척들은 밤늦도록 이야기를 하며 사진을 찍었다. 어머니는 그 옆에서 또 묵묵히 파를 썰기 시작했다.

다음 날 새벽 화장실에 가려고 설핏 잠에서 깬 나는 그때 벌써 일어나 가마솥 앞을 지키고 있는 어머니를 발견했다. 희뿌여니 동이 터오는 산을 배경으로 가마솥에선 하얀 연기가 길게 피어오르고 있었다. 나는 화장실에서 나와 어머니 옆에 쭈그리고 앉았다.

"내년부턴 백숙 같은 걸로 해요. 소머리는 손이 너무 많이 가서……."

그러자 어머니는 부지깽이를 든 채 말했다.

"그래도 이걸 하면 아침에 뜨끈한 국물이라도 먹일 수 있잖니. 밖으로 나올수록 되게 먹어둬야 하는 법인데……."

나는 얼굴 쪽으로 무언가 후끈한 기운이 올라오는 것을 느낄 수 있었다. 그것은 다만 가마솥의 열기 때문만은 아닌 것 같았다. 내 옆에 어머니가 앉아 있었다.

너는 어느 별에서 왔니?

　채 두 돌이 되지 않은 막내딸은 요 근래 하나둘 사람의 말을 배우느라 바쁘다. 아빠, 엄마, 할아버지, 할머니 같은 호칭에서부터 '좋아' '싫어' 같은 식의 의사 표현, '의자'와 '가방' 같은 사물 이름까지, 오종종한 작은 입술로 하루 내내 재잘거리며 돌아다니느라 정신이 없다(아내가 무슨 의도로 그렇게 가르쳤는지 몰라도 아이는 기분 좋은 일이 생기면 "얼쑤!" 하고 소리친다. 사탕을 사줘도 "얼쑤!", 응가를 하고 난 뒤에도 "얼쑤!", 놀이터에 나가도 "얼쑤!". 그에 감응이라도 하듯 아내는 얼마 전부터 다시 "쾌지나칭칭나네"를 가르치고 있다. 둘이 그러고 앉아 있는 것을 보면 나는 왠지 탈춤이라도 춰야 할 것 같은 기분에 사로잡힌다).

　아들만 둘을 키우다가 처음 딸이 커가는 모습을 바라보

고 있자니 과연 왜 세상 모든 아빠들이 딸아이한테 온 마음을 다 빼앗겨버리는지 알 것만 같은 기분이 들었다. 아들들이 친구 같은 느낌이라면 딸아이는 애인 같은 설렘을 주고, 사내아이들이 이제 막 심어놓은 묘목 같다면 여자아이는 그해 처음 내리는 봄비 같은 존재로 다가왔다. 그 차이가 어디에서 오는 걸까 생각해보니 역시 딸아이가 하는 말, 여리지만 사람의 마음을 묘하게 흔드는 목소리 때문이지 않을까, 나는 혼자 그렇게 짐작해버렸다. 그래서 그 목소리를 듣기 위해서라도 더 자주 딸아이에게 말을 걸고, 전화를 걸고, 심지어는 음정과 박자 사이를 종종 천하 원수지간으로 만들어버리는 솜씨로 노래까지 불러주곤 했다(그때마다 딸은 "얼쑤!" 소리쳐주곤 했다).

문제는 아들들이었다. 딸아이의 일곱 살, 다섯 살 오빠들은(한 명은 여전히 파워레인저에 심취해 있고, 또 한 명은 태권도 도장에 다니기 시작했다) 자신들의 막내 동생이 여자인지 남자인지 분간조차 하지 못한 채, 종종 그 앞으로 장난감 칼을 내밀거나 축구공을 던지곤 했다. 아직 제대로 된 친구를 만나지 못한 딸아이로선 당연 오빠들의 그런 호의가 고맙게만 느껴졌을 법. 그래서 그런지 몰라도 딸아이는 얼마 전부터 오빠들과 함께 칼싸움을 하고 축구를 하고(그저 공과 함께 굴러가는 수준이었지만) 등에 망토를 매단 채 부지런히 이 방 저 방 뛰어다니기 시작했다. 밥을 먹을 때도 사내아이처럼 우적우적, 오빠들과 간식을 나눠 먹을 때도 허겁지겁. 이건 뭐 목소리만 여자아이일 뿐, 행동하고 노는 것 모두가 서서히 서서히 제 오빠들을 닮아가기 시작한 것이다.

나는 어쩐지 그것이 서운해 인형도 사줘보고(딸아이는 며칠 인형을 데리고 노는가 싶더니 이내 축구공처럼 뻥뻥 차기 시작했다) 꽃 앞에서 한참 향기도 맡게 해주었지만(딸아이는 꽃을 대뜸 먹으려 들었다) 별반 달라지지 않았다. 이러다간 흡사 사내아이 세 명을 키우는 기분이 들겠군. 나는 그런 걱정이 들기도 했다.

그래서 얼마 전부턴 딸아이를 품에 안고 내 딴에는 최선을 다해 동시도 읽어주고 동요도 들려주기 시작했다. "너는 어느 별에서 왔니?" 딸아이의 눈을 보면서 물은 다음 멀뚱멀뚱 나를 바라보는 딸아이를 향해 "작은 별" 하며 내가 다시 대답하는 식으로. 그렇게 몇 번 반복하다 보니 딸아이의 입에서도 "작은 별" 하는 목소리가 튀어나왔다(비록 발음은 명확하지 않았지만). 나는 그것이 신기해 딸아이를 안을 때마다 "너는 어느 별에서 왔니?" 반복해서 물었고, 딸아이는 "작은 별!" "작은 별!" 신이 나서 대답해주었다.

지난주 아이들과 함께 부천에 올라가 있던 아내가 딸아이만 데리고 광주로 내려왔기에, 대뜸 딸아이를 품에 안고 예의 또 그 질문부터 던졌다.

"너는 어느 별에서 왔니?"

그러자 딸아이가 냉큼 대답했다.

"작은 빵!"

나는 조금 뚱한 표정이 되어 다시 한 번 물어보았다.

"아니, 아니, 어느 별에서 왔냐고?"

그러자 딸아이는 다시 한 번 큰 소리로 대답했다.

"작은 빵!"

아아, 딸아이가 '작은 빵'에서 왔다니…… 나는 왠지 더 열심히 직장을 다녀야 할 것만 같은, 그런 기분에 사로잡혔다.

첼로가 뭐라고

광주로 내려와서 살기 얼마 전 TV를 보다가 아내 앞에서 "나중에 늙으면 첼로를 배워서 몇몇 아는 사람들 불러다가 독주회 같은 걸 하고 싶어" 말한 적이 있었다. 그야말로 별다른 생각 없이 불쑥 꺼낸 말이었다. 그냥 지나가듯 하는 말이면 그냥 흘려버리듯 들어주면 좋았을걸. 아내는 며칠 뒤 덜컥 첼로를 사오고 말았다.

"생활비 아껴서 할부로 산 거야. 꼭 배워야 해."

아내는 케이스에서 첼로를 꺼내 거실 구석에 세워두며 말했다. 그러곤 마른 헝겊으로 첼로 이곳저곳을 정성스럽게 닦기 시작했다. 이거야 원 무서워서 무슨 말을 할 수가 있겠나. 나는 갑작스럽게 솟아난 나무 한 그루를 바라보는 심정으로 멀뚱멀뚱 첼로를 바라보았다.

"배울 곳도 다 알아놨어."

아내는 지역 첼로 동호회 연락처와 모임 장소가 적힌 쪽지를 내밀었다.

"일주일에 한 번씩 지도해준대. 전공자 선생님이 직접. 전화도 다 해놨어."

나는 아내가 건넨 쪽지를 받아들며 작은 목소리로 웅얼거렸다.

"아니, 나는…… 악보도 제대로 못 보는데……."

"나 이거 큰맘 먹고 산 거거든. 알아서 해."

아내는 단호했다.

별수 있나. 나는 가정의 평화와 인류의 안정을 위해 그다음 주부터, 거의 반강제적으로(아내는 모임 장소 앞까지 동행했다) 첼로 동호회에 나가게 되었다. 교회 교육관을 임대해 일주일에 두 번씩 모임을 갖는 첼로 동호회는, 선생님도 친절했고 사람들도 모두 따뜻했다. 쭈뼛쭈뼛 첼로 케이스를 마치 무거운 등짐인 양 짊어 멘 채 들어간 나에게 따뜻한 차와 떡을 건네주기도 했다. 그래서 한결 마음은 풀어졌으나, 그러나 계속 걸리는 것이 하나 있었다. 나는 떡을 하나 입에 문 채 기어 들어가는 목소리로 물었다.

"저기, 선생님…… 제가 실은 악보도 제대로 못 보거든 요."

두꺼운 뿔테 안경을 쓴 삼십 대 초반의 여자 선생님은 그 럴 줄 알았다는 듯 명쾌하게 답해주었다.

"걱정하지 마세요. 저흰 수준별 수업을 하거든요."

그래서 나는 곧장 초급반 교실로 안내되었다. 나와 같은 초급반 친구들은 모두 초등학생들이었다. 철제 의자가 원을 그리듯 둥그렇게 놓인 교실에 앉아 초등학교 4학년 아이들 과 함께 활을 들고 첼로를 켜고 앉아 있자니, 나도 모르게 자꾸 얼굴이 홧홧해져왔다. 아이들은 쉬는 시간마다 쪼르르 내 주위로 몰려와서, "와, 이 아저씨 나이 되게 많다"라고 말 했다.

두 시간 가까운 연습 시간이 끝난 뒤 나는 첼로를 들고 어 두운 밤거리를 터덜터덜 걸어왔다. 갑자기 낙뢰가 쳐 첼로 위 로 떨어졌으면 하는, 나쁜 바람을 가져보기도 했다. 왜 나에 게 이런 환란을 주시는지, 하느님이 살짝 원망스럽기도 했다.

그런 나의 바람을 하느님께서 알아주셨는지, 나의 첼로 수업은 그 뒤로 두 번인가 더 나간 뒤 마무리되고 말았다. 직장 때문에 가족 모두가 갑작스럽게 광주로 이사를 가야 하는 일이 생겼기 때문이다. 지방으로 내려온 뒤에도 아내는 이런저런 첼로 동호회를 알아보는 눈치였는데 마땅한 곳이 없는 모양이었다. 사설 학원에 가자니 거리도 거리였지만, 비용도 만만치 않았다. 그래서 아내는 계속 첼로를 거실에 세워두기만 했다. 아내의 마음이야 애틋했지만, 그러나 그럴 때마다 또 한편 초등학교 학생들과 함께 수업을 들었던 기억이 떠올라 내심 잘 됐네 생각했던 것도 사실이다. 첼로는 이제 그저 하나의 가구가 되겠구나 하는 생각도 잠시 들었다.

그러던 것이 바로 얼마 전부터 상황이 바뀌기 시작했다. 이웃집에 새로 이사 온, 아내와 '급' 친해진 소희 엄마가 과거 첼로 전공자였다는 사실이 밝혀졌기 때문이다.

"그래도 그렇지, 내가 어떻게 소희 엄마한테 첼로를 배우냐, 창피하게."

소희 엄마 얘기를 꺼내면서 흥분한 아내에게 나는 투덜대듯 말했다. 그러자 대뜸 이런 답이 돌아왔다.

"걱정 마. 내가 먼저 배우고 가르쳐줄 테니까. 소희 엄마하곤 말 다 됐어."

아아, 그래서 나는 지금 또 걱정이다. 지금도 아내 앞에선 어린아이가 되고 마는데, 그의 제자가 되면 말해서 또 무엇 할까? 그저 첼로가, 소희 엄마가, 원망스러울 뿐이다.

낭만적 사실에 입각한 인간주의

　　사촌 동생이 결혼을 한다기에 아내와 세 아이들을 차에
태우고 고향으로 찾아갔다. 살고 있는 전라도 광주에서부터
고향인 강원도 원주까지는 승용차로 족히 네 시간이 넘게 걸
리는 거리. 아이들을 태우고 있으니 빨리 달릴 수도 없고, 차
라도 막히는 날엔 여섯 시간 일곱 시간을 꼬박 고속도로에서
만 흘려보내야 했다. 나야 뭐 운전대만 잡고 있으면 되니까
그리 어려운 일도 아니었지만, 아내는 그렇지 않았다. 첫째
와 둘째는 걸핏하면 툭탁 장난감을 갖고 싸워댔고, 막내는
아예 아내의 무릎에 올라앉아 내려올 생각을 하지 않았다.
첫째와 둘째 사이를 중재하고 칭얼거리는 막내까지 챙기다
보면 아내의 귀밑머리 아래론 어느새 송글송글 땀방울이 맺
히곤 했다. 그게 좀 안쓰러워 자주 휴게소에 들르곤 했는데,

아아, 차라리 말을 말자. 휴게소가 마치 놀이동산이라도 된 듯 사방팔방으로 뛰어다니는 아이들…… 그 아이들 뒤를 다시 허둥지둥 쫓는 아내……. 그렇게 수 시간 동안 이어지던 아내와 아이들 사이의 옥신각신은 영동고속도로에 접어들 무렵부터 스르르 잠잠해지곤 했다. 슬쩍 룸미러를 바라보면 아이들은 서로의 어깨를 베고 잠들어 있고, 아내 역시 고개를 뒤로 꺾은 채 깊은 잠에 빠져 있곤 했다. 입을 약간 벌린 채 잠들어 있는 아내의 모습. 나는 그 모습을 볼 때마다 힘을 주고 있던 액셀 페달에서 슬며시 발을 떼곤 했다. 마음이 저절로 찡해지곤 했기 때문이다. 한때 내 앞에선 절대 잠든 모습을 보이지 않던 여자였는데…….

사촌 동생의 결혼식은 원주시 외곽에 있는 한 예식장에서 이루어졌는데, 특이하게도 주례가 없었다. 신랑의 아버지가 성혼 선언문을 낭독하고, 신부의 아버지가 사위와 딸에게 당부의 말을 전하는 순서로 진행되었다. 그러고 보니 요즘 결혼식엔 주례가 없는 경우가 왕왕 있었다. 나는 그것도 나쁘지 않다고 생각하며, 첫째와 나란히 앉아 결혼식을 바라보았다.

"잘 봐, 아들. 너도 나중에 해야 하니까."

나는 첫째에게 말했다. 그러자 첫째가 바로 되물어왔다.

"정말? 그럼 난 여러 번 해도 돼?"

나는 아무 말 없이 멀거니 첫째 아이의 얼굴을 바라보았다. 얼핏 보니 아내는 또다시 따로따로 뛰노는 둘째와 셋째의 치다꺼리를 하고 있었다.

결혼식이 끝나고, 남들처럼 줄을 서서 뷔페 음식을 먹고 (아내는 아이들 때문에 거의 먹지 못했다) 어른들에게 인사를 하고 난 뒤 우리는 다시 차에 올라탔다. 아내는 차 안에 오르자마자 셋째의 기저귀부터 갈아주었다.

"주례 없는 결혼식도 괜찮지?"

나는 핸들을 잡은 채 아내에게 물었다.

"아니, 난 그래도 주례가 있는 게 좋더라. 양가 부모님한텐 뒤 언제나 들을 수 있는 말인데, 굳이."

아내는 아이들에게 우유를 하나씩 물려주었다. 그러면서 내게 물었다.

"당신, 우리 주례 선생님 말씀 기억나?"

나는 차 앞 유리창을 보면서 기억을 더듬거려보았다. 그리

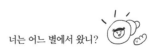

너는 어느 별에서 왔니?

나 하나도 기억나는 것이 없었다. 결혼식 전날 나는 주례를 맡아주기로 한 선생님과 새벽 3시까지 술을 마셨다. 기억나는 것은 주례 선생님의 몸에서 나던 술 냄새, 내 몸에서 나던 술 냄새뿐이었다.

"왜 그때 선생님이 결혼엔 세 가지 단계가 있다고 했잖아?"

그제야 나는 조금씩 기억이 돌아오기 시작했다. 주례 선생님은 그때 이런 말을 했다. 결혼엔 세 단계가 있다. 첫 번째는 낭만주의 단계, 두 번째는 사랑보다 현실이 앞서는 사실주의 단계, 그리고 세 번째는 남녀 간의 이성보다 인간적 유대가 깊어지는 따뜻한 인간주의 단계가 온다고.

"우린 어느 단계를 지나고 있는 것 같아?"

아내가 물었다. 나는 바로 대답하지 못하고 우물거렸다. 그런 내 모습을 물끄러미 바라보다가 아내가 다시 씩씩하게 말했다.

"낭만적 사실에 입각한 인간주의일세, 이 사람아!"

나는 어쩐지 아내에게 계속 가르침을 받는 느낌이었다.

여름이 되면

　올해 여덟 살이 된 첫째 아이가 초등학교에 입학하게 되었다. 아이가 하나였다면 조금 달랐을까? 이제 막 두 돌이 지난 막내와 하루 내내 발탄강아지처럼 온 집 안 곳곳을 헤집고 다니는 다섯 살짜리 둘째를 챙기다 보니, 어느 날 말 그대로 벼락같이 첫째 아이의 취학 통지서가 날아온 것이었다. 다른 유치원 친구들은 영어를 배운다, 수학 학원을 다닌다, 엄마 손을 잡고 이곳저곳 분주하게 돌아다니는 것 같던데, 우리가 아이에게 가르친 것이라곤 태권도 학원 석 달, 딱 그것이 전부였다. 아직 한글도 제대로 읽을 줄 모르는데 어쩌나(숫자는 그래도 이십까지는 무난하게 센다. 그 뒤론 그냥 다 '엄청 큰 숫자'다). 아내는 취학 통지서를 받아들곤 대뜸 그 걱정부터 늘어놓았다.

"괜찮아, 괜찮아. 나도 초등학교 들어갈 땐 이름도 못 썼어. 학교 가서 배우면 되지, 뭐."

나는 발톱을 깎으면서 심드렁한 목소리로 아내에게 말했다. 그런 아내의 마음을 아는지 모르는지 첫째 아이는 파워레인저 가면을 쓴 채 계속 소파 위에서 뛰어내렸다가 다시 올라가는 일을 반복했다. 그래, 열심히 놀아라. 학교에 가는 순간부터 고생이 시작되니……. 나는 계속 그런 심정이었을 뿐 걱정이라곤 하지 않았다.

그런 내 마음이 조금씩 불안해지기 시작한 건, 지난달 초순 아이와 함께 초등학교 예비 소집에 다녀온 직후였다. 둘째와 막내를 돌보는 아내를 대신해 첫째 아이와 함께 집에서 십오 분 거리인 초등학교까지 걸어갔는데(걸어가면서 나는 계속 아이에게 첫 여자 친구의 중요성과 어떤 포즈를 취해야 여자들에게 매력을 발산할 수 있는가 따위에 대해 장황하게 설명했다) 단순하게 출석만 확인하는 것이겠지 생각한 내 예상과 다르게 책상에 앉아 선생님과 꽤 오랜 시간 면접까지 하게 되었다. 선생님은 아이의 신상명세서를 보면서 이런저런 질문을 던졌는데, 나는 아이의 뒤에 서서 그 모습을 모두 지켜볼 수 있었다.

아이는 아빠 이름, 엄마 이름을 묻는 선생님의 질문엔 정확하게 대답했지만, 살고 있는 주소를 묻자 엉뚱하게도 알고 지내는 교회 집사님의 아파트 이름을 대서 나를 당황하게 만들었다(나는 나도 모르게 얼굴이 화끈해져 "아하하, 저희가 이사 온 지 얼마 안 돼서요……"라고 부연 설명을 했다). 선생님은 종이에 무언가를 적은 다음, 다시 아이를 향해 책의 한 페이지를 펼쳐 보였다. 그러곤 큰 소리로 읽어보라고 말했다. 첫째 아이는 마치 시력이 나쁜 아이처럼 미간을 한껏 찡그린 채 "이, 이……" 하다가 이내 도리질을 쳤다. 다음 질문은 덧셈 문제. "팔에다 오를 더하면 몇일까?" 선생님의 질문에 첫째 아이는 잠시 천장을 바라보다가 자신 있는 목소리로 대답했다.

"엄청 큰 수요!"

나는 차마 선생님의 눈을 똑바로 볼 수 없어 푹 고개를 숙이고 말았다.

학교에서 돌아온 직후 나는 아내에게 조심스럽게 "그래도 입학 전에 한글은 떼줘야 하지 않을까?"라고 말했다. 아내는 무슨 일이 있었는지 안 봐도 뻔하다는 듯 말없이 고개만 끄덕였다.

그 뒤부터였던가, 직장에서 돌아와 보면 아이는 엄마와 함께 식탁에 앉아 '어린이 전래동화'나 '어린이 속담집' 같은 책들을 큰 소리로 읽느라 내게 인사조차 제대로 하지 않았다. 나는 그것이 조금 서운했지만 웬일인지 마음이 더 편안해진 것도 사실이었다. 어쨌든 한글만 뗀다면, 나는 그러면 안심할 수 있을 것 같았다.

그러던 보름 전 첫째 아이와 함께 자려고 침대에 누웠을 때, 불쑥 이런 질문이 튀어나왔다.

"아빠, 내가 오늘 책에서 읽었는데, 세 살 버릇이 언제까지 가는 줄 알아?"

나는 속으로 '제법이네, 이제 학교 가도 문제없겠네'라고 생각했다.

"글쎄? 언제까지일까?"

나는 아이 쪽으로 모로 누우면서 궁금한 표정을 지어 보였다. 그러자 아이가 예의 또 그 씩씩한 목소리로 대답했다.

"그긴 밀이지…… 여름까지 간다!"

나는 잠깐 아랫입술을 깨문 채 두 눈을 감았다. 그리고 이

내 생각했다. 그래, 여름까지 가자, 여름까지 놀면 그만큼 키도 클 거야. 나는 말없이 첫째 아이를 꼭 끌어안아주었다.

그녀는 달려간다, 이상한 나라로

아내가 운전면허를 딴 것은 1998년 3월, 내가 운전면허를 딴 것은 2004년 가을 무렵의 일이었다. 햇수만 놓고 따지자면 아내가 나보다 훨씬 경력 출중한 운전자여야 하지만 세상일이 어디 그런가. 아내는 흔히들 말하는 '장롱 면허'의 대표 주자로서, 운전면허 취득 초기 겁도 없이 장인어른의 경차를 몰고 나갔다가 공터 흙무더기로 그대로 돌진, 이후 그 트라우마 때문에 두 번 다시 핸들을 넘보지 않는 사람이었다. 덕분에 가족들이 고향 가는 일이 생기거나 아이들이 급히 병원 갈 일이 벌어지면 어김없이 내가 호출되어, 두 시간이든 다섯 시간이든 혼자 핸들을 움켜잡고 있어야만 했다. 때때로 출근길에 남편을 직장까지 태워다주는 이웃집 아내들을 부러운 눈으로 바라본 적도 있었으나, 한편 핸들을 잡을 때마다 우쭐한 심사가 되었던 것도 사실이다. 가족을 등 뒤에 태우고 운전대를 잡으면 어쩐지 가장으로서의 역할, 위치 같은 촌스러운 마음이 슬몃슬몃 고개를 들기도 했으니까.

그런 아내가 다시 운전을 하겠다고 선언한 것은 한 달 전의 일이었다. 아무래도 혼자 힘만으로 직장과 아이들 어린이집까지 두 번 걸음 하는 것이 힘에 부친 모양이었다. 택시를 타기도 버스를 타기도 애매한 거리. 더구나 계절은 칼바람이 몰아치는 겨울의 정중앙으로 달려가고 있었다. 둘째와 셋째는 사흘 간격으로 바통 터치하듯 감기 몸살을 물려받던 터였다.

"일단 아빠 차로 연수받고 그다음부터 아이들 태우고 다닐게."

아내는 당분간 장인어른의 경차를 몰 계획을 세운 모양이었다.

"그게 더 힘들지 않겠어?"

나는 조금 걱정스러운 목소리로 물었다.

"학원 강사한테 도로 연수 신청해놓았어."

아내는 그 말을 한 뒤 잠시 침묵하다가 울먹거리는 목소리로 "애들 셋 데리고 서 있으면 택시도 잘 안 태워준단 말이야"라고 웅얼거렸다. 나는 아침마다 집에서 나와 택시를 잡느라 종종거리는 아내를 생각했다. 아이들 셋을 데리고 시내버스에 오르려 애쓰는 아내 또한 상상해보았다. 그러자 내 걱정 따위는 아무것도 아니란 생각이 들었다.

"그렇게 해봐. 내 차도 당신이 갖고 가서 몰고."

나는 제법 호기롭게 말했다.

다시 보름이 지난 뒤 나는 난생처음 아내가 모는 차를 타게 되었다. 아내가 줄곧 운전연수를 받았다는 장인어른의 경차였다. 말하자면 그날은 아내의 운전 실력이 그동안 얼마만큼 늘었는지 확인하는 자리였다. 마음은 놓이지 않았지만 아이들을 돌봐줄 사람이 없어서 모두 동행하기로 했다. 아이들 셋은 뒷좌석, 나는 조수석. 아내는 시동을 걸면서 우리를 한 번씩 바라보고는 씩 웃어 보였다.

"이거 괜히 긴장되는걸."

아내는 농담처럼 말했지만 정작 긴장한 건 나와 아이들이었다. 아이들은 평상시와 다르게 안전벨트를 맨 채 얌전히 앉아 앞 유리창만 바라보았다. 나는 조수석 문 위에 달린 손잡이부터 움켜쥐었다.

"천천히 가, 천천히. 자신 없으면 나한테 넘기고."

내가 말하자마자 아내는 기어를 변속하고 급하게 차를 출발시켰다. 동시에 막내는 딸꾹질을 하기 시작했다.

그날 아내가 직접 차를 운전한 거리는 약 십 킬로미터 남짓. 그 짧다면 짧은 거리 동안 나는 세상 모든 '김 여사'들을 다 이해하고 사랑하게 되었고, 때때로 창밖으로 손을 내밀어 뒤에 따라오는 차들에게 먼저 가라고 수신호를 해야 했다. 출산을 앞둔 산모처럼 여러 번 흐읍 하아, 흐읍 하아, 절로 라마즈 호흡법을 익히기도 했다. 그건 아이들도 마찬가지여서 누구 하나 떼를 쓰지도 말을 걸지도 않았다.

얼굴이 밝은 사람은 오직 아내뿐이었다.

"나, 운전 잘하지? 나, 정말 운전에 재능 있나 봐."

아내는 내게 '차 언제 갖다줄 건지' 다시 한 번 확인했다. 나는 그냥 뻣뻣하게 굳은 허리로 가만히 앉아 있기만 했다. 재능이 자신감에서 나오는 거더냐, 그저 묻고 싶었을 뿐이었다.

잔소리 대마왕

남양주에 사는 형수가 갑작스럽게 입원을 하는 바람에 두 주가량 초등학교 2학년에 올라가는 조카딸이 우리 집에 와서 머물게 되었다.

"왜 다 보내지 않고? 첫째는 어쩌려고?"

나는 조카딸을 부탁하는 형에게 대뜸 물었다. 형과 형수에겐 그 위로 올해 열네 살이 된 아들도 한 명 있는데, 그 아이는 태어날 때부터 다운증후군 장애가 있었다.

"첫째는 어머니가 봐주시기로 했어. 막내 부탁하는 것도 제수씨한테 미안한데……."

나나 아내나 조카딸과 함께 지내는 것은 아무런 걱정도 하지 않았다. 초등학교 2학년이라고는 하지만 우리 첫째 아이와는 두 달밖에 차이 나지 않는 데다가(그래도 꼬박꼬박

'누나'라고 부르라고 했다. 우리가 아니고, 조카딸이!) 명절이나 여름휴가 때 만나면 그래도 자기 사촌 동생들이라고 세 아이를 살뜰히 챙기는 모습을 봐왔기 때문이다.

"우리 애들한테도 좋지, 뭐. 누나 언니 하면서 얼마나 따르는데. 걱정하지 말고 빨리 보내."

나는 형과 그런 식으로 전화를 끊었다.

그리고 닷새 뒤, 우리 집에 도착한 조카딸은 서서히 서서히 자신의 본색을 드러내기 시작했는데…… 그래서 나나 아내나 세 아이들 모두 며칠이 지나고부턴 어디 숨을 곳이 없나 집 안 곳곳을 어슬렁어슬렁 돌아다니게 되었다. 조카딸은…… 둘째 아들의 표현대로라면 '잔소리 대마왕'이었다. 첫째에게나 둘째에게나, 이제 막 26개월이 된 막내에게나, 시도 때도 없이 잔소리를 늘어놓았다. 첫째 아이가 책을 보면 너무 가까이 보지 말라고 잔소리, 둘째 아이가 그림을 그리면 색연필을 아껴 쓰라고 잔소리, 막내가 우유를 마시면 옷에 흘리지 말라고 잔소리. 그런 잔소리는 나나 아내 역시 피해갈 수 없었는데, 내가 아침을 먹기도 전에 커피를 마시고 있으면 어느새 쪼르르 옆으로 다가와 "작은아빠, 커피를 너무 많이 마시는 거 아니에요? 그럼 건강이 나빠지지 않겠어요?" 쉬지 않고 쫑알거렸다. 아내는 주로 음식을 만들 때 잔소리를 들어야 했는데, 어린이한테 주는 건 짜게 해서는 안 된다, 밀가루 음식을 먹여선 안 된다, 어제도 달걀말이를 먹었는데 오늘은 다른 것을 하면 안 되겠느냐 등등. 처음엔 하나하나 대꾸해주던 아내는 어느 순간 묵묵히 양파나 시금치를 다듬기만 할 뿐, 나무처럼 침묵을 지키게 되었다.

그런 와중에 한번은 첫째 아이와 조카딸이 큰 소리로 말다툼을 벌이는 일이 생겼다. 아마도 둘이 술래잡기를 하다가 첫째 아이가 룰을 어기고 현관문 밖으로 숨은 모양이었다. 조카딸은 대번에 첫째 아이에게 사과하라고 쏘아붙였다.

"네가 잘못한 거잖아! 그러니까 미안하다고 말해야지."

첫째 아이는 조카딸 앞에 고개를 숙이고 있다가 풀 죽은 목소리로 "미안해"라고 말했지만, 사과는 받아들여지지 않았다.

"그게 진짜로 미안하다고 그러는 거니?"

조카딸의 목소리가 수그러들지 않자 첫째 아이도 참지 못하고 함께 소리를 질러댔다.

"미안하다고 했잖아? 그럼 어떻게 해야 하는 건데!"

"진심으로 미안하다고 해야지! 그게 진심으로 미안하다고 하는 거니?"

"그럼, '진심으로'라는 말만 넣으면 되는 거지! 진심으로 미안하다고!"

첫째 아이는 울면서 안방으로 뛰어 들어갔다. 한참을 안방에서 나오지 않는 아이가 걱정되어 들어가보니, 첫째 아이는 침대에 엎드려 꺼이꺼이 울고 있었다. 그러면서 나에게 말했다.

"아빠, 저 혼자 있고 싶어요. 누나는…… 말이 너무 많아요, 엉엉."

나는 그 말을 듣고서도 토닥토닥 아이 등만 두들겨주었을 뿐, 그 어떤 위로의 말도 건네지 못했다.

그날 밤이던가, 조카딸을 재워주기 위해 함께 침대에 누웠다가 나는 불쑥 이런 말을 듣고 말았다.

"작은아빠, 동생들이 내가 말이 많다고 싫어하죠?"

나는 조카딸의 머리를 쓰다듬어주면서, 그렇지 않다고 동생들은 누나를 좋아한다고 동생들이 삐치는 게 더 문제라고 말해주었다. 그러자 조카딸의 입에선 이런 말이 흘러나왔다.

"제가요, 우리 오빠 때문에 말이 많아졌거든요. 우리 오빠가 많이 아프잖아요. 제가 말을 많이 해야 우리 오빠가 다치지 않거든요."

그 말을 듣는 순간, 내 마음속 어딘가에서 뭉클한 것이 올라왔다. 나는 조카딸의 작은 손을 꼭 잡아주었다. 말을 많이 하거라, 아이야. 말을 많이 하거라, 아이야. 온 세상이 너와 네 오빠를 도와줄 거란다. 나는 기어이 눈물까지 툭 흘리고야 말았다.

그림을 그립시다

　올해 초등학교 1학년이 된 첫째 아이 때문에 우리 가족 스케줄도 많은 부분 변하게 되었다. 아직 등하굣길이 익숙하지 않은 아이 탓에(자꾸 옆길로 샌다는 데 문제가 있었다) 엄마나 아빠가 함께 걸어가야 하는 것은 물론이었고, 이런저런 학부모 모임과 상담에 숙제 돌봐주는 시간까지, 제법 많은 일정들을 동시에 소화해야만 했다.

　그러자니 이제 30개월도 되지 않은 막내 또한 어린이집에 맡기지 않을 수 없었다(막내를 등에 업은 채 선생님과 상담하거나 막내를 가운데 앉혀둔 채 숙제를 돌봐주는 일은…… 그런 일은 거의 불가능에 가까웠으니까). 아내는 초등학교에 들어간 첫째도 첫째였지만, 처음 어린이집에 맡긴 막내 때문에 이만저만 신경을 곤두세우는 눈치가 아니었다.

막내가 전에 없이 오줌을 가리지 못하는 것도 근심, 밥을 먹지 않고 투정부리는 것도 걱정. 아이가 행여 어린이집에서 이마나 다리에 작은 상처라도 입고 돌아오는 날엔 온종일 우울한 표정을 한 채 전화기 근처를 서성거리기도 했다. 그러다가 다시 허겁지겁 첫째 아이의 숙제와 준비물을 챙겨주는 일상들…… 그러자니 자연 유치원에 다니는 둘째 아이에겐 상대적으로 손이 덜 갈 수밖에 없었다. 손뿐만이 아니라 옷을 사거나 신발을 사는 일, 잠자리 배치에 이르기까지 둘째 아이는 첫째나 막내에 비해서 항상 후순위로 밀릴 수밖에 없었다. 첫째 아이는 첫째라서, 막내는 여자아이라서, 새 옷을 사거나 새 신발을 사는 일이 종종 있었지만, 둘째는 번번이 고민하다가 첫째 아이의 그것을 물려 입히는 경우가 잦았다.

잠자리 문제만 하더라도 첫째는 자기 침대에서 혼자 잠드는 데 아무런 문제가 없었지만, 이제 여섯 살이 된 둘째는 그렇지 않았다. 둘째는 돌 때부터 엄마 배꼽을 만져야만 잠이 드는 습성을 지니고 있었는데(아빠 배꼽은 거들떠보지도 않았다) 막내가 태어난 이후부터는 그것 또한 여의치 않아졌다. 엄마를 독점하고 싶은 막내는 둘째 오빠가 옆에 눕기라도 하면 기겁을 하며 두 손으로 밀쳐내거나 꺼이꺼이 아파트 단지가 떠나가도록 울어댔다.

그러니, 어쩌랴. 둘째는 내 손에 이끌려 안방 침대로 옮겨지거나 막내가 잠들 때까지 거실 소파에 앉아 버티면서 (대부분 그냥 거실 소파에서 잠드는 경우가 많았지만) 혼자 훌쩍거리는 일이 늘어났다. 나는 그것이 좀 안쓰러워 몇 번 다독거려보기도 했지만, 내 배꼽은 쳐다도 보지 않으니, 원…….

그런 둘째 아이가 스케치북에 열심히 그림을 그리는 취미를 갖기 시작한 것은 지난달 초순의 일이었다. 퇴근해서 집으로 돌아와보면 둘째 아이는 항상 거실 바닥에 색연필과 스케치북을 늘어놓고, 아빠가 제 옆에 와 있는 것도 모른 채 그림 그리는 일에만 몰두했다.

"쟤, 왜 저러는 거야?"

나는 멀뚱한 표정으로 첫째 아이의 숙제를 도와주고 있던 아내에게 물었다.

"몰라. 하루 종일 저렇게 그림만 그려."

아내는 건성건성 대답해주었다. 아내는 어쩐지 조금 피곤해 보였고, 또 지쳐 보였다. 그래서 나도 더 이상은 묻지 않왔다. 아이가 다른 것을 하는 것도 아니니 나는 별다른 걱정을 하지 않은 것도 사실이었다.

하지만 지난주 토요일 아이들이 엄마와 씻고 있는 틈을 타 한 장 두 장 둘째 아이가 그린 스케치북을 펼쳐보다가 나는 점점 허리를 곧추세우고 말았는데, 그건 다름 아닌 아이가 사용하는 색깔 때문이었다. 아이는 동화 속 주인공을 그리거나 만화 주인공을 그릴 땐 빨주노초파남보 총천연색을 다 동원해 화려하게 그렸지만, 가족 중 누군가를 그릴 땐 오직 한 가지 색, 검은색만 쓰고 있었다. 나는 그것이 어쩐지 둘째 아이의 마음의 풍경인 것만 같아 공연히 심각해졌다. 그 사람이 즐겨 사용하는 색깔로 그 사람 마음의 병을 진단하는 미술 치료 프로그램을 언뜻 본 기억이 났기 때문이다.

나는 말갛게 씻고 나온 둘째 아이를 무릎에 앉힌 채 스케치북을 한 장 한 장 넘기면서 물어보았다.

"근데, 율아. 넌 왜 아빠나 엄마는 이렇게 검은색으로만 칠한 거야?"

나는 아이의 입에서 내가 예상치 못한 답이 나올까 봐 살짝 긴장했다. 그동안 나나 아내나 둘째 아이에게 소홀했던 것은 분명했으니까.

하지만 둘째 아이의 입에서는 대뜸 이런 대답이 튀어나왔다.

"어, 그건 내가 엄마나 아빠 자는 모습을 그려서 그런 거야. 안 잘 땐 계속 움직이니까 그릴 수가 없거든."

나는 말없이 둘째 아이의 뒤통수를 쓰다듬어주었다.

네버엔딩 스토리

어린이집이나 유치원에 다니고 있는 꼬마들과 함께 사는 부모라면 아이가 언제 잠자리에 드느냐, 9시 이전에 드느냐 이후에 드느냐, 그 시간이 얼마나 중차대하면서도 심각한 문제인지 다들 공감할 것이다. 충분한 수면 시간 확보야말로 유아기 성장 호르몬 분비에 필수적인 요소라는 교과서적인 이유도 있겠지만, 사실 보다 내밀한 이유는 비로소 그 시간부터 부모에게도 짧은 자유와 해방의 순간이 주어지기 때문이다. 소파에 누워 한가롭게 책장을 넘길 수 있는 것도, 발톱을 깎으면서 신문을 볼 수 있는 것도, 인터넷으로 내려받은 영화를 볼 수 있는 것도, 모두 그 시간 이후에야 가능해지니까. 밤 9시부터 밤 11시 사이의 시간(다음 날 출근을 생각한다면 11시가 마지노선이다). 아이들이 조금이라도 늦게 잠들면 그만큼 부모의 자유 시간도 줄어드는 것은 당연한 이치. 그러니 그토록 많은 가정에서 아이들과 부모 사이의 신경전이 벌어지는 것이다. 조금이라도 더 늦게 자려는 아이와 조금 더 빨리 재우고 쉬고 싶은 부모.

아이가 셋인 우리 집의 경우 나름 부부 사이의 분업이 이루어져 있다. 아내가 첫째 아이의 학교 숙제를 도와주는 사이(그러니까 밤 8시 30분쯤) 내가 유치원에 다니는 둘째와 어린이집에 다니는 막내와 함께 안방 침대에 눕는다. 이때 내 위치는 침대의 한가운데고, 왼쪽엔 둘째가 오른쪽엔 막내가 눕는다. 나는 어떠한 일이 있어도 밤 9시 이전까지 두 녀석 다 꿈나라로 보내버리겠다는 일념으로 안방 불도 모두 끄고 '자장가 모음집' CD를 배경음악으로 튼다. 그리고 평소 내 목소리답지 않게, 그러니까 최대한 나긋나긋하고 조용한 목소리로 옛날이야기를 시작한다.

사실 이 방식은 오랜 시행착오 끝에 얻어낸 나만의 필살기이기도 한데, 처음 얼마 동안은 동화책을 읽어주면서 아이들이 잠들기만을 학수고대한 적이 있었다. 어린 시절 나는 책만 펼치면 비몽사몽 정신을 못 차리는 아이였다. 그러니 우리 아이들도 그 피를 물려받았을 거라고 예상했는데,

이게 웬걸, 어느 날은 최대 열한 권까지 동화책을 읽어주었는데도 잠들긴커녕 "또! 또!" 하면서 다른 동화책을 들고 왔다. 목은 아픈데, 그에 반해 아이들 눈은 갈수록 더 초롱초롱 빛나기만 하니. 그러니 실패. 나는 다른 방법을 찾을 수밖에 없었다. 아이들이 지칠 때까지 함께 침대 위에서 구르고 뛰는 놀이도 해보았지만, 그건 또 아래층에 미안해서 오래할 수가 없었다(또 한 번 목욕을 시켜야 한다는 난제도 뒤따랐다). 이런저런 방식을 다 해보다가 결국 생각해낸 것이 옛날이야기였다.

물론 처음엔 이것 또한 쉽지가 않았다. 이야기를 짓고 사는 소설가인지라 아이들에게 해주는 옛날이야기에도 그 나름대로 위기와 절정을 적절하게 분배하고 개연성 같은 것에도 신경을 썼더니(일종의 직업병이다) 이게 웬일, 아이들이 이야기에 흥미를 느끼고 도통 잠을 자지 않는 것이었다.

"그다음엔 어떻게 됐는데?"

"응, 행복하게 잘 살게 되었대."

"마지막에 도망간 마녀는 어떻게 됐는데?"

"으응……마녀? 그 마녀는…… 다시는 그 왕자와 공주 앞에 나타나지 않았대……."

"그럼, 마녀는 어디 가서 살게 된 거래?"

대체로 이런 식.

그래서 그 뒤부터는 위기나 절정을 모두 없앤, 개연성 따위도 도통 찾아볼 수 없는 이야기를 들려주기 시작했는데, 이게 나름 효과를 봤다.

그러니까 이런 식이다.

"옛날에 달님하고 별님이 살았는데, 달님은 혼자고 별님은 너무 많았대요. 첫째 별님과 둘째 별님과 셋째 별님과 뚱뚱한 별님과 날씬한 별님과 엄마 말 잘 안 듣는 별님과 착한 별님과……."

이렇게 등장인물 소개만 십 분 넘게 한다.

"그렇게 많은 별님들이 달님에게 반갑게 인사를 했대요. 첫째 별님이 '안녕하세요' 인사를 했고, 둘째 별님이 '안녕' 인사를 했고, 셋째 별님이 '반가워요, 달님' 인사를 했고, 뚱뚱한 별님이 '밥은 먹었어요, 달님' 하고 인사를 건네고……."

이렇게 또 인사만 한 십 분 넘게 하면…… 둘째와 셋째는 인사만 늘다가 꿈나라로 가게 된다. 아아, 이거구나, 이거였어. 나는 잠든 두 아이들을 실눈으로 바라보면서 환호작약

했다. 그리고 그 뒤로도 계속 등장인물만 백 명이 넘는 이야기, 백 명이 한 명 한 명씩 나와서 인사를 하는 이야기를 즐겨 들려주었다.

한데 이 방식의 문제점은 자칫 잘못하다간 아빠 또한 함께 꿈나라로 가게 된다는 점, 꿈에서도 백 마리 넘는 송아지에게 인사를 받게 된다는 점 등에 있다. 뚱뚱한 송아지, 엄마 말 안 듣는 송아지, 코에 점 난 송아지 등등…….

고구마 뿌리가 내릴 즈음

고향에 계신 아버지가 욕실에서 넘어지면서 치아와 팔을 크게 다치고 말았다. 왼쪽 팔꿈치 부근이 골절되고 치아 또한 새로 임플란트를 하지 않으면 안 될 정도로 손상을 입은 것이다. 어머니는 그만인 게 다행이라고 하셨지만 걱정이 되지 않을 수 없었다.

올해 일흔넷인 아버지는 아직 직장에도 나가고, 거기에 아침저녁 시간을 쪼개 부지런히 텃밭까지 가꾸는 분이었다. 그만큼 평소 건강엔 아무 이상이 없었다. 그런 아버지기 때문이었는지 몰라도 그 소식을 듣자마자 마음에 커다란 구멍이라도 뚫린 듯 멍해지고 말았다. 마치 시간이 뭉텅 보이지 않는 구멍을 통해 빠져나간 기분이었다. 아버지가 계속 직장을 나가서 몰랐지, 어느새 나 또한 부모님의 건강을 걱정하고 염려할 나이가 된 것이었다.

깁스를 한다, 입원 치료를 한다, 정신없이 바쁜 며칠이 흐른 뒤 어머니가 내게 전화를 걸어왔다. 모두 잠든 늦은 밤이었다. 어머니는 무슨 말인가 하려다가 멈칫하곤 이내 딴전을 부리듯 손주들의 건강을 물었다. 나는 가만가만 대답을 하다가 무언가 짚이는 게 있어 먼저 말을 꺼냈다.

"돈 때문에 그러시죠? 글쎄 그건 걱정 마시라니깐요."

아버지가 다친 다음 날이던가 미리 말씀을 드렸는데, 그래도 어머니는 계속 마음에 남은 모양이었다.

"네들도 목돈이 없을 텐데…… 그래도 치아를 안 할 수도 없고……."

"그런 건 염려 마시라니깐요. 돈 다 준비해놓았어요."

말은 그렇게 했지만 준비된 건 아무것도 없었다. 막연하게나마 대출을 알아봐야겠네, 아파트 대출금도 아직 많이 남았는데 또 대출이 될까, 걱정하고 있던 게 사실이었다.

"네 아버지가 알면 난리치실 텐데…… 저렇게 자꾸 의사 말도 안 듣고 틀니면 된다고 고집을 부리니……."

나는 일부러 목소리를 크게 내면서 우리 아버지는 자식 말도 안 듣고 아내 말도 안 듣고 의사 말도 안 들으니, 우리

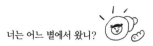

너는 어느 별에서 왔니?

도 이제 아버지 말을 함께 안 들으면 된다고, 어머니께 농담처럼 말을 했다. 말을 하면서도 조금 쓸쓸해져 웃음은 나오지 않았다.

다음 날 은행 창구에 가서 직원과 상담해보니 다행히 직장인 신용대출로 가능하다는 답변이 돌아왔다. 재직증명서 같은 서류만 떼어 오면 당일 대출이 된다는 설명도 들었다. 한시름 놓으며 집으로 돌아왔더니 아내가 무심한 듯 슬쩍 식탁 위로 통장 하나를 내밀었다.

"이게 뭐야?"

나는 뚱한 표정으로 아내를 바라보았다.

"괜히 또 이상한 대출업체 같은 곳 가서 사고 칠까 봐."

통장을 열어보았더니 삼 년 전부터 몇만 원씩 여러 번에 걸쳐 입금된 내용이 빼곡했다. 통장 맨 마지막 장엔 내가 알아본 딱 그만큼의 돈이 찍혀 있었다.

"아니, 이게 무슨……."

"저축은 이 사람아, 이럴 때 쓰라고 하는 게 저축일세. 집 넓히고 차 바꿀 생각으로 하는 게 아니고."

아내는 평상시보다 큰 목소리로 말하곤 등 돌려 휙 음식

물쓰레기를 버리러 나갔다. 나는 그런 아내의 등을 물끄러미 바라보다가 다시 통장에 찍혀 있는 3만 원, 2만 3천 원, 1만 8천 원 같은 숫자들을 가만히 내려다보며 앉아 있었다. 아내는 꽤 오랫동안 집으로 들어오지 않았다.

그로부터 보름쯤 지났을까, 다시 늦은 밤 어머니의 전화를 받았다.

"애비야, 너 잠깐 여기 좀 올 수 없니?"

나는 또 무슨 일이 생긴 건 아닐까 허리부터 바싹 세운 채 말을 꺼냈다.

"왜요, 무슨 일 있으세요?"

"아니, 네 아버지가…… 아, 글쎄 그렇게 말려도 고구마를 심는다고 매일 저렇게 밭에 나가니……."

"고구마를요? 아니…… 아직 깁스도 안 풀었잖아요?"

"그러니까 말이다. 내가 한다고 해도 말을 듣지 않고…… 손주들 먹인다고 무턱대고 고집만 부리니……."

나는 가만 침묵을 지키다가 낮은 목소리로 물었다.

"혹시 아버지한테 돈 얘기 하셨어요?"

"그걸 어떻게 안 할 수가 있니…… 네가 그렇게 큰돈을 보

 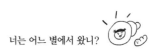

내줬는데……."

나는 아랫입술을 깨문 채 잠깐 천장을 바라보았다가 다시 어머니에게 말했다.

"놔두세요, 어머니. 제가 주말에 가서 그 고구마 다 심어놓을게요. 아버지 모시고 제가 다 심어놓을게요."

나는 어쩐지 말을 하는 게 전에 없이 힘에 부치기만 했다.

헤어지긴 싫단 말이에요

토요일과 일요일 오후마다 아내를 대신해 세 아이들을 돌보고 있다. 아내가 교회에서 신디사이저 반주를 맡아서 그렇게 된 일인데, 그건 평일 대부분을 아이들에게 시달린 아내가 일주일 중 유일하게 온전히 자신만을 위해 무언가를 할 수 있는 시간이기도 했다. 그러니 반대로 내게 주말이란 한가롭게 낮잠을 즐기거나 프로야구를 보면서 발가락을 까닥까닥 흔드는 시간이 아닌, 누군가의 뒤를 쫓아다니면서 장난감을 챙기거나 미끄럼틀 옆을 이리저리 뛰어다니거나 장롱 안에 숨은 걸 빤히 알면서도 "어, 이상하네. 어디 숨은 거지?"를 중얼거리는, 그런 노력의 시간들이 되었다는 뜻이다. 그렇게 네댓 시간 정신없이 뛰어다니다가 아내가 장을 봐서 집으로 돌아올 무렵이 되면 나는 마치 빨아놓고 널지

않은 빨래처럼 후줄근한 몸으로 소파에 그대로 널브러지곤
했다.

나는 그런 시간들에 대해서 별다른 불만은 없었다. 그건
아내가 일주일 중 닷새를 그렇게 보낸다는 생각 때문이기도
했지만, 사실 더 큰 이유는 종교 문제 때문이었다. 장모님 배
속에 있을 때부터 교회에 다니기 시작한 아내는 결혼 초기
만 하더라도 늘 비몽사몽 잠에 취해 있는 내 손을 잡고 교회
에 나가곤 했다. 아내의 바람은 언제나 '신앙 없는 남편이 하
나님 품 안으로 들어오는 것'이었고, 가족 모두 송구영신 예
배를 드리거나 여름성경학교 같은 행사에 함께 참가하는 것
이었다. 불과 반년 전까지만 하더라도 나는 그런 아내의 기
도에 나름 노력하는 모습을 보였지만, 어느 순간부터 그만
느슨해지기 시작했다. 그러면서 아내에게 얘기하고 말았다.

"내가 당신 종교 생활 하는 거 최대한 옆에서 도와줄게.
그러니까 당신도 나 교회 안 가는 거 가지고 뭐라고 하지 않
았으면 좋겠어. 난 토요일 밤에도 일하는 사람이잖아."

아내는 그 말이 서운했는지 한동안 내게 말도 잘 걸어오
지 않았지만, 실제로 그 뒤부턴 교회 문제로 이런저런 불만
을 늘어놓지 않았다. 그러니 토요일 일요일 아내가 교회에서

충실히 시간을 보낸다 하더라도, 나 또한 불만을 늘어놓을
순 없는 일이었다.

그렇게 시간을 흘려보내던 지난 주말엔 아이들을 모두 차
에 태우고 화순에 있는 운주사까지 가보았다. 집에서 무한
반복 술래잡기(이건 내 입장에서 보면 게임이 아닌 명백한
고행이다)를 하느니, 아이들에게 따스한 햇볕이라도 무한정
쐬게 해주겠다는 마음에 그쪽으로 차를 몬 것이었다. 한데
운주사 일주문을 지나면서부터 첫째 아이가 근심스러운 표
정으로 내게 말을 걸어오기 시작했다.

"아빠, 여긴 부처님이 있는 곳이지요?"

"그렇지. 여긴 부처님이 계신 곳이지."

"어, 그럼 난 안 되는데…… 난 교회에 다니는데…… 난
부처님 안 믿는데……."

나는 첫째 아이의 눈을 보면서 교회에 다녀도 부처님이
계신 곳에 갈 수 있다고 여긴 문화재도 많은 곳이라고 차근
차근 말해주었지만 아이의 표정은 좀처럼 풀리지 않았다.
나는 대웅전을 둘러보다가 버릇처럼 합장을 하기도 했다. 그
건 내가 부처님을 믿어서가 아닌, 일종의 인사와도 같은 것
이었다. 첫째는 그런 나를 몇 걸음은 떨어진 곳에서 말없이

바라보기만 했다.

그날 밤, 교회에서 돌아온 아내에게 바통 터치하듯 아이들을 맡기고 급한 원고를 처리하느라 다시 작업실로 출근 했을 때였다. 한참 일하고 있을 무렵 아내에게서 전화가 왔다.

"오늘 첫째랑 무슨 일 있었어?"

"아니, 뭐 별일 없었는데."

나는 계속 모니터를 보면서 대답했다.

"한데, 애가 왜 그러지?"

아내의 말인즉슨 아이가 잠들기 전 기도를 하다 말고 내내 울기만 했다는 것이었다.

"아빠랑 헤어지기 싫다고. 죽으면 아빠는 부처님한테 가고, 자기는 예수님한테 가야 한다고……."

나는 그제야 모니터에서 시선을 떼고는 창밖을 바라보았다. 그리고 잠시 침묵을 지키다가 아내에게 천천히 물어보았다.

"그래서 당신은 애한테 뭐라고 해줬어?"

"나야 뭐 사실대로 얘기해줬지…… 언젠가 우리 모두 헤어질 수밖에 없는 거라고…… 하지만 별들처럼 다 가까운 곳에 있을 거라고……."

나는 한동안 전화기를 가만 움켜잡고 있다가 "정말 그렇게 생각해?"라고 조용한 목소리로 물었다. 그러자 아내에게선 잠시 뒤 이런 답이 돌아왔다.

"별자리가 다 그런 거 아닌가? 사랑하는 사람들이 사랑하는 사람들을 지켜주려는 거……."

나는 말없이 창밖 어두운 하늘만 바라보며 앉아 있었다.

너는 어느 별에서 왔니?

우리가
잘 알지 못하는
세계

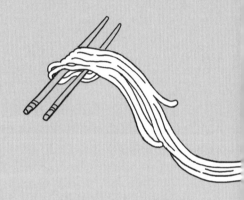

뽑기의 매력

아파트 단지 앞 상가엔 작은 문구점이 하나 있다. 내가 어렸을 때나 지금이나 문구점에선 연필이나 공책, 지우개 따위만 파는 게 아니어서, 장난감이나 사탕, 팽이, 딱지(요즈음 딱지가 어떤 모양인지 아시는가? 세상에, 요즈음은 딱지도 플라스틱 재질로 만든다. 당연히 가격은 곱절!) 등도 함께 판매한다. 대형 마트니 인터넷이니 하는 것들 때문에 장사는 영 신통치 않아 보였지만, 그래도 문구점 앞을 지나가는 아이들은 꼭 한 번씩 발걸음을 멈추고 그 안을 기웃거리곤 한다. 그러니 우리 집 세 아이들 역시 그 앞을 그냥 지나치는 일은 거의 일어나지 않는, 그러니까 일 년에 한 번 있을까 말까 한, 개기일식처럼 흔하지 않는 일.

문제는 단순히 기웃거리는 일에서 멈추지 않고 문구점 앞

우리가 잘 알지 못하는 세계

'뽑기 기계'에 아예 주저앉고 만다는 데 있었다. 흡사 작은 정수기처럼 생긴 뽑기 기계는 300원이나 500원을 넣고 손잡이를 돌려야만 안에 있는 내용물이 밖으로 나오는 시스템이다(대형 마트나 고속도로 휴게소에 있는 뽑기 기계는 단가가 더 올라간다. 거의 2천 원, 3천 원을 넣어야 한다). 대부분 '복불복'이어서 무엇이 나올진 알 수 없다. '피카츄' 장난감을 원하는 아이에게 난데없이 사슴벌레 모형이 나올 수도 있고, '닌자고' 열쇠고리를 원하는 아이에게 어랍쇼 황당무계한 공주 거울이 나올 수도 있는 것이다. 그런 경우 대개 아이들의 반응은 두 가지다. "아빠, 한 번 더"를 외치거나 세상 모든 상실을 한꺼번에 경험한 듯 시무룩한 표정을 짓는 것. 아아, 차라리 그냥 원하는 것을 고르게 해줄 것이지, 나이도 어린 아이들에게 벌써부터 운명이나 우연에 대해서, 자신의 인생에 대해서 자조하고 좌절하게 만드는 기계라니. 나는 몇 번인가 문구점 주인에게 제발 저 뽑기 기계 좀 치워주면 안 되겠냐고 말하고 싶었으나, 차마 또 그럴 순 없었다. 그만큼 문구점 장사는 갈수록 더 내리막길로 내달리고 있는 듯 보였기 때문이다.

그러던 지지난 달이던가, 이런, 문구점 앞에 못 보던 신형 뽑기 기계 한 대가 떡하니 자리잡고 있는 것을 보았다. 그 뽑기 기계는 이전의 그것들과는 달리 단돈 100원을 넣고 탱탱볼(속칭 '얌체볼'이라고도 불린다)을 뽑는 구조였다. 더구나 그것은 엄밀히 말해 복불복의 시스템도 아니었다. 다섯 개의 버튼을 능숙하게 조작해(강약 조절이 생명이다) 탱탱볼을 농구 골대 모양의 구멍 안으로 골인시켜야 비로소 탱탱볼을 손 안에 넣을 수 있는 구조였다(농구 골대 앞 허방으로 탱탱볼이 들어가면 '꽝'이다). 그 낯선 기계 앞에서 우리 집 아이들이 환호작약, 열심히 거의 합창 수준으로 나를 졸라댄 건 당연한 일.

　나로서도 다른 뽑기 기계보다 탱탱볼 뽑기에 더 호의를 갖게 되었는데, 100원이라는 저렴한 가격도 가격이거니와 아이들의 포기도 이전보다 훨씬 더 빨랐기 때문이다. 어쨌든 이건 '운'보다는 '실력'으로 승부가 나는 기계였으니까(실제로 버튼을 거의 '때리는' 수준으로 두들기는 둘째와 셋째는 매번 탱탱볼을 뽑지 못했다). 아이들도 쉽게 수긍을 하고 뒤돌아설 수 있었다.

그러니까 나도 그쯤에서 함께 뒤돌아서는 것이 옳았다. 아이들이 탱탱볼을 뽑지 못해 아쉬운 눈초리로 계속 뒤돌아보아도, 두 눈 꾹 감고 모른 척하고 집으로 돌아오는 게 옳았다. 하지만 어디 아빠 마음이라는 게 그런가. 단돈 100원인데…… 까짓것, 내가 뽑아주마……. 그렇게 탱탱볼 뽑기 앞에, 아이들 허리 높이에도 오지 않는 작은 기계 앞에, 내가 스스로 주저앉게 된 것이었다.

고백하자면 탱탱볼 뽑기가 들어온 이후, 그래서 지금 이 글을 쓰고 있는 두 달 남짓한 시간 동안, 나는 무수히 많은 100원짜리 동전을 그 기계 안으로 밀어 넣었다. 대부분 아이들과 함께였지만, 늦은 밤 술을 마시고 혼자 집으로 돌아오다가 꽤 오랜 시간 그 기계 앞에 앉아 버튼을 '팡팡' 눌러댄 것도 여러 번이다. 어떤 날은 탱탱볼을 주머니 가득 뽑은 날도 있었고(차마 아내에게 창피해, 그것을 신발장 안에 몰래 숨겨두고 들어왔다) 또 하나도 뽑지 못한 날도 있었다.

어느 땐 열심히 집중해서 버튼을 누르고 있다가 등 뒤에서 초등학교 4학년쯤 된 아이가 "와, 이 아서씨 되게 못한다"라고 하는 말을 듣기도 했다. 나는 때때로 '아, 내가 왜 이러고 있지. 난 마흔 살도 넘었는데……' 스스로 반성할 때도 있었지만, 탱탱볼 뽑기 기계 앞을 그냥 지나치진 못했다. 그러면서 나는 생각했다. 어쩌면 뽑기 기계란 이런 매력이 있는 것이구나. 아이나 아빠나 다 같은 생각을 하게 해주는 것. 우리 모두 친구가 되게 해주는 것. 조금 '쪽팔린' 건 사실이지만, 그래도 친구라니…….

우리가 잘 알지 못하는 세계

목욕은 즐거워

어린 시절 아버지는 형과 나를 데리고 일주일에 한 번씩 꼬박꼬박 대중목욕탕에 가곤 하셨다. 가을이 시작될 무렵부터 이듬해 초여름이 오기 전까지, 일요일 오후를 생각해보면 언제나 아버지의 벌겋게 달아오른 두 뺨과 대중목욕탕 특유의 소독약 냄새, 안개 같은 수증기와 선풍기 앞에서 머리를 말리고 있던 낯선 어른의 큼지막한 등 같은 것들이 먼저 떠오른다.

말단 공무원이었던 아버지는 우리 형제가 초등학교 고학년이 될 때까지 당신 손으로 직접 머리끝부터 발끝까지 다 씻겨주곤 했는데, 당시엔 그게 참 여간 싫은 게 아니었다. 때가 잘 나오라고 오랜 시간 탕 안에 머리만 '빼꼼' 내밀고 앉아 있는 것도 힘든 일이었고(그렇게 앉아 있다 보면 숨이 저절로 가빠지곤 했다) 가슴이나 허벅지를 인정사정없이 훑고 지나가는 아버지의 때수건도 그렇게 따가울 수가 없었다(가끔 내 몸을 때수건으로 벅벅 문지르고 있는 아버지의 얼굴을 볼 때가 있었는데, 무슨 힘을 그렇게 주는지 아버지의 이마엔 잔뿌리 같은 힘줄들이 잔뜩 돋아 있곤 했다).

그리고 무엇보다 형과 내가 힘들었던 것은 머리 감기였다. 초등학교 4학년, 6학년이나 되었던 우리 형제의 머리 또한 아버지는 직접 감겨주었는데, 그건 창피해서 힘든 일이었다. 우리 형제보다 어린 아이들도 다들 자기 손으로 머리를 감는데, 아버지는 그것마저도 우리에게 맡겨주지 않았다. 샴푸는 언제나 두 번씩. 아버지는 우리 눈에 샴푸 거품이 들어오거나 말거나 마치 무슨 해초를 헹구는 일꾼처럼 그렇게 오랜 시간 형과 나를 데리고 샤워기 앞에 서 있곤 했다. 나는 아버지가 머리를 감겨주는 와중에도 자주 등을 돌려 주위를 보곤 했는데, 혹여 친구들을 만나지 않을까, 친구들이 내 모습을 보게 될까 걱정이 되었기 때문이다.

세월이 흘러 두 명의 사내아이와 한 명의 딸아이의 아빠가 된 나 또한 그 시절 아버지처럼 아들 형제와 함께 대중목

우리가 잘 알지 못하는 세계

욕탕을 가는 날들이 많아졌다. 여덟 살, 여섯 살 된 아이들과 대중목욕탕을 가는 일은 때때로 어떤 극한 직업을 체험하러 가는 기분이 들곤 했는데, 그만큼 체력적으로나 정신적으로나 힘에 부치는 일이었다. 아이들은 내가 잠시만 경계를 소홀히 해도 미끄덩거리는 목욕탕 타일 바닥을 학교 운동장처럼 뛰어다녔고(발가벗은 상태에서 그런 아이들의 뒤를 쫓아다니다 보면 내가 무슨 세렝게티 초원을 뛰어다니는 한 마리 수사자가 된 기분이 들기도 했다) 험상궂고 덩치 좋은 아저씨의 면상에 물을 홀뿌려 아빠를 아연 긴장시키게도 만들었다.

그리고 두 아이를 씻기는 일……. 아직 내 가슴 근처까지도 자라지 않은 작은 아이 두 명을 차례차례 머리에서부터 발끝까지 씻기다 보면 현기증이, 피로가, 저절로 몰려오곤 했다. 그리고 그때마다 저절로 고향에 계신 아버지가 떠올랐다. 아니, 아버지는 무슨 힘으로 그렇게 오랫동안 우리 형제를 씻겨준 거지.

하지만 초가을에서부터 다시 한겨울이 되는 동안, 아이들과 대중목욕탕을 가는 횟수가 한 번 두 번 늘어가는 동안, 나는 서서히 그것이 어떤 힘이었는지 저절로 깨닫게 되었다. 아이들을 씻기는 일은 분명 힘에 부치는 일이었지만 목욕을 다 끝내고 난 뒤 마른 수건으로 아이들 몸의 물기를 막 닦아내는 순간, 수건 사이로 말갛게 변해버린 아이의 얼굴을 바라보는 일. 그건 그 모든 것들을 다 보상하고도 남는 일임에 분명했다.

아아, 아버지도 그래서 그랬던 거구나, 그 순간들 때문에 그렇게 오랜 시간 우리 형제를 씻겨주셨구나. 나는 대중목욕탕 평상에 두 아이와 나란히 앉아 바나나 우유를 쪽쪽 빨면서 짐작했다.

하지만 지지난 주엔 큰아이가 내게 살짝 반항을 했다.

"아빠, 머리는 제가 감으면 안 돼요? 아빠가 감겨주면 숨을 잘 못 쉬겠어요."

나는 속으론 '어라, 벌써 이놈이……' 했지만, 또 어린 시절 내 모습이 떠올라 쉽게 허락을 해주었다. 그래, 너희들이 숨을 잘 못 쉴 수도 있지. 어른과는 또 다르겠지. 나는 뒤돌아 먼저 탕 밖으로 나오면서 그런 생각을 했다. 이제 슬슬 아이들 스스로 씻는 일에 나 또한 익숙해져야겠지. 그것이 한편으론 뿌듯하면서도 또 한편으론 섭섭하기도 했다.

하지만 잠시 후 자기들끼리 머리를 다 감았다면서 으쓱거리는 모습으로 내 앞에 선 아이들의 모습을 보고 난 뒤엔 나는 짧게 이렇게 말할 수밖에 없었다.

"둘 다 다시 들어가!"

분명 머리를 잘 감았다고 말한 아이들의 목과 귓등에는 몽글몽글한 샴푸 거품이, 후, 불면 하늘하늘 날아오를 것 같은 샴푸 거품이, 그대로 남아 있었다.

장수풍뎅이를 책임져

둘째 아이가 집에 있는 '어린이 곤충·식물 백과사전'을 본 뒤부터 부쩍 물어오는 말들이 늘어났다. "해바라기 이름은 왜 해바라기야?" 같은 쉬운 질문에서부터 "이 세상엔 왜 꽃들이 있는 거야?" 같은 심오하고 철학적인 질문까지, 하루도 빠짐없이 묻고 또 묻는 일에 열을 냈다.

"응, 그건 이 세상 사람들이 너무 바빠서 잠깐 멈춰 숨 좀 돌리라고, 그러라고 꽃은 있는 거야."

"이 세상 사람들은 왜 바쁜데?"

"으응…… 그건 안 바쁘면 겁이 나거든."

"왜 안 바쁘면 겁이 나? 난 안 바쁘면 자는데?"

"어, 그건 말이지…… 그건 그러니까…… 겁나는 것하고 외로운 것하고 구별을 잘 못해서…… 아니 아니, 그러니

우리가 잘 알지 못하는 세계

까…… 너 졸리지 않니?"

둘째 아이와의 대화는 언제나 그런 식으로 끝나곤 했다.

질문에서 그쳤으면 좋았을 것을 문제는 그다음부터였다. 둘째 아이는 아파트 단지 놀이터나 공원 산책로에 나갈 때마다 책에서 본 곤충들을 한 마리씩 한 마리씩 집으로 데리고 들어오기 시작했다. 개미는 말할 것도 없이 어느 날은 거미가, 어느 날은 민달팽이가, 또 어느 날은 공벌레가, 다 먹은 요구르트 병이나 우유팩에 담긴 채 제 뜻과는 무관하게 공중부양 이사를 오게 된 것이었다. "이러다간 조만간 바퀴벌레까지 잡아올지 몰라." 둘째 아이가 잠든 틈을 타 조용하고 은밀하게 다시 개미를 밖으로 이주시킨 아내는 걱정 반 두려움 반으로 말하곤 했다. 그러지 말라고 아이를 타이르고 또 야단도 쳐보았지만 아무 소용 없었다는 말도 덧붙였다. 길을 잃은 개미가 불쌍해서 데리고 들어온 것이라는데, 거미가 자기한테 말을 건네서 데리고 들어온 것이라는데, 아내는 더이상 할 말이 없었다고 했다.

그런 나날이 이어지던 와중 둘째 아이가 집에 있는 커다란 부귀나무 화분에 바나나를 모두 으깨 가지와 가지 사이, 줄기와 줄기 사이에 페인트칠 하듯 발라놓는 일이 벌어지고

말았다. 먹으라고 사놓은 바나나를 나무줄기에 몽땅 발라놓았으니, 화분도 아내도 화가 난 것은 당연한 일.

나는 둘째 아이를 조용히 방으로 데리고 들어가 연유를 물었다.

"나무에 바나나를 바르면 장수풍뎅이가 온다고 해서요."

아이의 말인즉슨 자신은 장수풍뎅이와 함께 살고 싶어서 그랬을 뿐이라는 것이었다. 그러면서 아이는 자신이 늘 끼고 사는 '어린이 곤충·식물 백과사전'을 내 앞으로 내밀었다. 슬쩍 책을 살펴보니 과연 장수풍뎅이를 채집하는 사람들이 산에 있는 나무에 바나나를 바르는 사진이 실려 있었다.

"율아, 이건 산에 있는 나무에 하는 거야. 장수풍뎅이들은 산에 살거든. 우리 집 화분엔 오지 않아."

"그럼 아빠가 산에 올라가서 바나나를 발라주면 안 돼요? 난 꼭 장수풍뎅이랑 살고 싶거든요."

나는 잠깐 한 손에 바나나를 든 채 커다란 낙엽송 위로 기어 올라가는 내 모습을 상상해보았다. 낙엽송 아래로 지나가던 등산객들이 나를 발견하면, 그때 나는 과연 뭐라고 둘러대야 할까? 하하하, 이게 참 신기하죠, 낙엽송에서 바나나가 다 열리고…… 나는 나도 모르게 도리질을 쳤다.

"아빠, 제발요. 놀이터엔 장수풍뎅이가 안 나타나요. 나는 꼭 장수풍뎅이가 보고 싶은데……."

나는 이렇다 할 대답을 하지 못한 채 가만히 둘째 아이의 두 눈만 바라보며 서 있었다.

그 일이 벌어지고 며칠 뒤, 나는 마트에서 마리당 만 원씩에 판매하고 있는 장수풍뎅이 두 마리와 곤충관찰통(말하자면 이게 바로 장수풍뎅이의 집이다) 그리고 젤리 모양으로 생긴 장수풍뎅이의 먹이를 사들고 집으로 돌아왔다.

"율아, 이거 아빠가 산에서 데리고 온 거야. 나무에 바나나 발라서."

아내는 들릴 듯 말 듯 한숨을 길게 내쉬었지만, 둘째 아이는 헤어진 친동생들이라도 만난 것처럼 환호작약 제자리에서 폴짝폴짝 뛰기까지 했다. "정말 우리 아빠가 나무에 올라가서 장수풍뎅이들을 데리고 왔다!" 아이는 그렇게 제 형과 동생에게 말하기도 했다. 나는 조금 무안한 마음이 들었지만, 어쨌든 그러면 된 것 아닌가! 이제 더 이상 집에 개미도 거미도 민달팽이도 들어오지 않을 것이고, 부귀나무 또한 난감하기 그지없는 바나나 샤워를 하지 않아도 될 테니…… 이제 모두 안전하게 곤충관찰통 안에만 머물 것이니…….

하지만 그다음 날 아침, 신문을 들고 거실 소파에 앉으려던 내가 본 것은 부귀나무 줄기를 열심히 기어오르고 있는 장수풍뎅이 두 마리였다. 그리고 그 앞에 바싹 붙어 앉은 채 장수풍뎅이들에게 말을 걸고 있는 둘째 아이의 모습…….

"이제 여기가 너네 놀이터야. 화분에서 다 놀고 나면 집에 들어가도 돼. 내가 나중에 또 바나나 줄게."

나는 웬일인지 자꾸 화분에게 미안한 마음이 들었다.

눈앞을 가리는 것

　고향에 계신 아버지는 컴퓨터나 스마트폰 같은 기기들과
는 영 사이가 안 좋은 분이다. 일흔을 넘긴 연세지만 '카톡'
으로 손자들과 대화도 하고 인터넷 메일로 자식들과 안부를
주고받는 아버지 친구 분들도 종종 봐왔던지라(실제로 아버
지 친구 중 한 분은 나에게도 정기적으로 메시지를 보내시
고, 또 어느 때는 당신이 찍은 동영상까지 첨부해 보낸다. 나
도 하지 못하는 것을!) 몇 번 권유한 적이 있었으나 그때마
다 돌아오는 답은 매번 이런 것이었다.

　"거, 배워 봤자 뭐 쓸 데가 있다고…… 정신만 사납지……."

　그렇게 말씀하시는 아버지를 보니 한편으론 이해되는 것
이 없지 않았다. 아버지는 이제 더 이상 낯설고 새로운 어떤
것을 배울 여력이 없으시구나. 평생 낯설고 새로운 것을 배

우고 익히느라 애쓰셨는데, 일흔이 넘고 기억력도 자꾸 흐릿해지는데, 또 무언가를 배워야 한다니. 아버지에게는 그것이 스트레스로 다가올 수도 있겠다는 생각을 했다. 그래서 나 또한 그 뒤로는 그런 말을 일절 꺼내지 않았다.

그러던 아버지가 손수 스마트폰을 장만해 내게 전화를 걸어온 것은 한 달 전의 일이었다.

"애비야. 거 뭐냐, 네 전화도 영상통화인가 뭔가 할 수 있는 거니?"

나는 얼떨결에 "그럼요"라고 대답했다.

"그럼 네가 나한테 영상통화로 한번 걸어봐라. 나는 이거 배웠는데도 영 안 되네."

스마트폰을 구입하고 단 한 번도 영상통화 기능을 사용해본 적 없던 나였지만, 나는 별말 없이 아버지의 뜻에 따랐다. 이게 무슨 일인가, 잠깐 걱정했던 것도 사실이다. 잠시 뒤, 내 스마트폰 가득 아버지의 영상이 떠올랐다.

후에 어머니에게 들은 바로는 아버지가 친목계 자리에 나갔다가 스마트폰으로 손자들과 통화를 하는 친구 분들의 모습을 보고는 그다음 날인가 바로 스마트폰을 구입했다는 것이다. 그러니까 아버지의 스마트폰 구입 목적은 오로지 손자들과의 영상통화, 손자들의 얼굴을 보는 것, 그것이 전부였던 것이다.

그리고 그런 의도에 따라 아버지는 사흘에 한 번꼴로 내게 전화를 해오셨다(아버지는 영상통화가 연결되면 곧장 "첫째나 둘째 바꿔라"라고 말씀하셨다. 아이들이 씻거나 놀이터에 나가 있을 경우엔 바로 통화를 끊으셨다. "아니, 그냥 저하고 통화하시면 되잖아요"라고 볼멘 목소리로 말씀드리면 "그래, 그러면 영상통화 끊고 일반 전화로 걸어라"라고 하셨다). 아이들도 할아버지와의 영상통화가 신기한지 서로 자기가 먼저 통화를 하겠다고, 스마트폰 카메라 앞으로 얼굴을 내밀었다. 아버지가 계신 원주에서 우리 사는 전라도 광주까지는 대략 삼백 킬로미터가 넘는 거리. 멀다는 이유만으로 바쁘다는 핑계만으로 일 년에 네댓 번 뵙는 게 전부였는데, 스마트폰 덕분에 일주일에 서너 번 이상 얼굴을 마주하게 되니, 이런, 나는 갑자기 효자가 된 기분이 들었다(그 기분 때문인지 몰라도 나는 아버지보다 더 자주 아버지께 영상통화를 걸었다).

우리가 잘 알지 못하는 세계

한데 지지난 주부터 아버지의 스마트폰이 말썽을 부리기 시작했다. 분명 전화 연결은 되었는데, 아버지의 음성은 들리지만 아버지의 모습은 흑백처리 된 것마냥 나오지 않았다.

"우리 모습은 보이세요?"

나는 스마트폰 카메라를 조절하며 물었다.

"응. 너흰 잘 보여. 내가 이거 버튼을 잘못 눌렀나 봐. 내 모습은 안 보이지?"

아버지는 그렇게 말씀하시곤 "넌 좀 빠지고 애들이나 바꿔줘라"라고 덧붙이셨다. 그래서 나도 그런가 보다 했는데 그게 또 전부는 아니었다.

이것 또한 후에, 며칠 지난 뒤 어머니를 통해서 알게 된 사실이지만 지지난 주 아버지께서 산에 올랐다가 잠깐 정신을 잃고 쓰러진 일이 있었다는 것이다. 시티도 찍고 이런저런 검사를 하셨는데, 그 때문에 병원에 입원도 하신 모양이었다. 그런 와중에 자식한테 영상통화가 오니 아버지는 간호사에게 부탁해 영상통화 기능 중 '내 모습 숨기기' 버튼을 찾아 누른 것이었다. 그랬으니 우리 모습은 보이고 당신 모습은 보이지 않았겠지.

"지금은요? 지금은 괜찮으세요?"

나는 조금 울적해진 목소리로 어머니께 물었다.

"괜찮다고 하네. 빨리 나아서 손자들과 다시 영상통화 한다고 저러신다……."

나는 한동안 스마트폰만 부여잡고 있었다. 아버지의 얼굴이 자꾸 눈앞을 가렸다.

진짜 하고 싶은 일

아이들이 셋이다 보니 은근슬쩍 이런 걱정이 들 때가 많다. 셋 중 누구 하나가 음악이나 미술, 혹은 운동선수를 하겠다고 하면 어떡하지? 그쪽으로 재능을 보이고 열정마저 있다면, 그땐 부모로서 어떻게 해야 하지? 마땅히 응원하고 성원해주어야 할 일이지만, 마음 한편이 막막해지는 것은 어쩔 수 없다. 그러니까 그건 아마도 대학 시절 만났던 성악을 전공한 후배와 판화를 전공한 동기에 대한 기억 때문일 터인데, 그들의 전언인즉슨 이 땅에서 예술을 하려면 유학 생활까지 도와줄 수 없는 부모 아래에선 불가능하다는 것. 아니, 유학까지 갈 필요도 없고 대학 입학할 때까지 자신이 레슨이다 학원비다 하면서 쓴 돈만 들어봐도 절로 기함이 나올 것이라는 말. 당시엔 그저 그렇구나 하고 말았던 일들이 요즘 들어 새록새록 떠오르는 이유는 바로 둘째 아이 때문이다.

나나 아내 또한 여타 다른 부모들처럼 아이들한테 "커서 뭐가 되고 싶어?"라고 종종 묻는 일이 있는데, 그때마다 첫째는 몇 번 바뀌기는 했지만 '경찰'이나 '목사님'으로 정리된 것 같고, 막내는 '공주님'이라는, 아빠 입장에선 크게 신경 쓰지 않아도 될 장래희망을 말하곤 했다(막내는 자기가 '공주님'이 되기 위해선 아빠가 먼저 '왕'이 되어야 한다는 것을 잘 알고 있었다. 그러니 뭐…… 아마 안 될 거다……).

한데 둘째 율은…… 다섯 살 때부터 초지일관 '화가'였다. 처음엔 그러다가 말겠지, 자기 형처럼 '소방관'이나 '선생님'을 거쳐 '경찰'이 되겠지 싶었는데 벌써 이 년 가까이 변함없이 화가였다. 그리고 그 '꿈' 때문인지 몰라도 율은 아침에 눈을 뜬 그 순간부터 거실 탁자에 앉아 그림을 그리기 시작한다. 유치원에 가기 전까지 계속…….

처음엔 아내나 나나 그런 아이를 애정 어린 눈으로 바라보았다. 앉은 자리에서 스케치북 네댓 장쯤 우습게 꼬박 그림에 집중하고 있는 아이를 보며 상상력이 좋네, 관찰력이 있네, 하며 흐뭇해했는데, 웬걸, 한 달 두 달 지나다 보니 마냥 웃으면서 바라볼 수 없는 현실 같은 것들이 따라오기 시작했다. 당장은 스케치북과 색연필이 그랬다. 스케치북은 사흘에 한 권꼴로 떨어졌다. 마트에서 스케치북 세 권을 한 세트로 묶어 1만 2천 원씩 파는 모양인데, 그걸 사오면 겨우 일주일 간다고 했다. 거기에 36색 색연필이 한 달에 한 번꼴로 닳아 없어졌다. 아내는 스케치북이다 색연필이다 미리미리 사놓아야 한다고, 그것 역시 생활비에서 적지 않은 부분을 차지한다고 엄살을 피웠지만, 그래도 그 정도야 충분히 감내할 수 있는 것들이었다.

정작 문제는 미술 학원을 보내느냐 마느냐에 있었다. 아이를 본 이웃집 사람들이 '그래도 미리 학원에 보내야 하는 거 아니야?' '정말 재능이 있을 수도 있는 건데 부모가 모른 척하면 되나?' 운운하는 말들을 아내가 계속 들은 모양이었다. 그래서 실제로 몇몇 미술 학원을 알아본 모양인데 거기에서부터 아내와 나의 고민이 시작된 것이었다. 학원비는 한 달에 10만 원 남짓이었다. 그러니 그것 역시 아내와 내가 다른 부분을 아끼면 무리 없이 보낼 수 있는 수준의 비용이 맞았다. 정작 아내와 내가 걱정한 부분은 정말 아이에게 재능이 있으면 어쩌지 하는 것이었다. 지금이야 아직 어리니까 10만 원 남짓으로 해결할 수 있다고 하지만, 정말 재능이 있다넌,

그것이 아이의 모든 것이 된다면…… 그렇다면 문제는 조금 달라질 수밖에 없는 것이었다. 어쩌면 율이 때문에 큰아이와 막내는 하고 싶은 것을 하지 못하는 일이 생길 수도 있고, 다른 기회들을 얻지 못할지도 모른다. 많은 것들을 양보해야 할지도 모르고, 우리가 알 수 없는 어떤 희생을 감내해야 할지도 모른다. 그것이 아내와 나의 고민이었다. 이 땅에서 예술을 한다는 것은 어쨌든 돈과 관계 있는 것이니까. 더구나 형제가 많은 평범한 집이라면.

그런 고민을 하고 있자니 아이가 그리는 그림들마저 마냥 기특하게 다가오진 않았다.

한데 지난주였던가. 그림을 그리던 율이가 나를 쓱 바라보곤 말했다.

"아빠, 나 있잖아, 하고 싶은 게 변했다."

나는 드디어 아이가 화가의 꿈을 버리는구나, 이제 경찰이나 소방관으로 옮겨가는구나, 아아, 내가 괜한 고민을 했구나, 생각하면서 아이의 다음 말을 기다렸다.

"왜 그거 있잖아, 이름은 잘 모르겠는데, 그거…… 어깨에 올려놓고 이렇게 이렇게 연주하는 악기, 나 그게 하고 싶

우리가 잘 알지 못하는 세계

어."

"바, 바이올린……?"

"응. 유치원에서 그거 해봤는데, 나 그거 잘한대. 나 그거
하고 싶어."

나는 그런 아이를 바라보다가 가만히 읽고 있던 책으로
눈길을 옮겼다. 그러면서 속으로 이런 말을 했다. 율아, 너도
아빠처럼 그냥 글 같은 거 쓰면 안 될까? 아빠가 A4용지는
많이 사다줄 수 있는데…….

모두의 일기장

아이의 프라이버시를 위해서 가급적 일기장을 보지 않으려고 노력했지만, 그게 참 쉽지가 않다. 다른 이유 때문은 아니다. 아이가 일기를 쓰는 데 장장 한 시간이 넘게 걸리기 때문이다. 길게 쓰면 아, 그렇구나, 할 말이 많아서 오래 걸리는구나, 생각할 텐데 일기라곤 달랑 네 줄을 쓰면서 한숨을 푹푹 내쉬며 밤늦도록 책상 앞에 앉아 있기만 한다.

"빨리 쓰고 자야지? 내일 또 늦잠 잘라."

찬다못해 몇 번 그렇게 재촉을 해도 돌아오는 대답은 한결같았다.

"응, 잠시만. 지금 뭘 쓸까 생각하고 있어."

아아, 정말 시대의 대문호 나셨네. 속마음은 폭발 일보 직전이었지만, 그래도 화를 내면 정말 일기 쓰기를 싫어하게

우리가 잘 알지 못하는 세계

될 것만 같아서 최대한 인자한 표정으로 목소리도 다정하게 내면서 책상 옆으로 다가갔다.

"오늘 있었던 일들 중에서 제일 재미있었던 거 쓰면 되잖아? 오늘 친구랑 놀이터에서 논 거 쓰면 되겠다, 그치?"

"싫어. 걔가 오늘 나 화나게 했단 말이야. 걔 이야기 쓰기 싫어."

"그럼 친구가 화나게 한 일 쓰면 되잖아? 일기는 원래 그런 이야기 쓰는 거야."

"싫어. 선생님한테 걔 얘기하기 싫단 말이야. 잠깐 기다려 봐. 다른 이야기 생각할 테니."

매번 이런 식이었다. 그래서인지는 몰라도 매일 밤 아이가 일기에 무슨 내용을 쓰고 자는지 더 궁금해졌다. 하지만 궁금함보다도 걱정스러운 것은 아이의 맞춤법 문제였다. 학교에서 받아쓰기 시험을 보면 늘 50점, 60점, 일관성 있고 소신 있는 점수를 맞아오는 바람에 몇 번인가 아내와 함께 이를 어쩌나 받아쓰기 공책을 펼쳐놓고 듀엣으로 한숨을 내쉰 적이 있었다. 그러니 일기 속 문장들은 안 봐도 뻔한 일. 아이 일기를 보지 않으려고 했지만 그냥 모른 척할 수도 없는 노릇이었다.

그러다 문제의 그 일기를 보게 되었다.

일기의 제목은 '미운 아빠'. 내용인즉슨 아빠는 레고를 사 준다고 약속을 했으면서 사주지도 않고 화를 낸다는 것이었 다. 일기는 이렇게 마무리되어 있었다.

아빠가 밉다.

엄마는 좋다.

동생들도 모두 엄마가 좋다고 했다.

그 일기를 본 직후, 솔직한 내 심정은…… 아아, 정말 억 울하고 억울할 뿐이었다. 레고 문제만 해도 그렇다. 받아쓰기 성적이 조금만 더 좋아지면 사준다고 한 것인데, 그렇게 약 속한 것인데, 그럴 준비가 다 되어 있는데, 계속 50점, 60점 을 받아와서 못 사준 것뿐인데, 아빠가 약속을 지키지 않았 다니. 화를 낸다는 것도 그렇다. 아빠가 아이들한테 화를 내 는 일은 엄마한테 무례한 말을 하거나 엄마 말을 듣지 않았 을 때뿐인데(그러니 자연 엄마는 화를 낼 일이 없다) 그렇다 고 아빠가 화를 잘 낸다고 일기에 쓰다니. 아이의 담임 선생 님이 일기를 보면 아빠를 어떻게 생각할까?(사실, 이 문제가 컸다) 그렇다고 잠든 아이를 깨워 따져 물을 수도 없고 일기 를 고쳐 쓰게 할 수도 없는 노릇이었다. 억울하지만, 어쩌나.

우리가 잘 알지 못하는 세계

이미 아이가 그렇게 쓰고 만 것을……

이상하고 한심스러운 것은 그다음 날의 내 모습이었다. 아이 일기에 좋은 아빠의 모습으로 한 번 등장하고 싶은 욕심에, 예정에도 없던 레고 선물을 사들고 집으로 들어간 것이었다.

"시우야, 정말 좋지? 아빠가 계속 시우 레고 사주고 싶어서 생각나더라. 오늘은 우리 시우한테 이게 제일 신나는 일이겠다, 그치?"

아이는 레고를 들고 신이 나서 내게 뽀뽀도 해주고 어깨도 주물러주었지만, 그날 일기에 아빠 이야기와 레고 이야기는 쓰지 않았다. 그저 그날 학교에서 친구들과 놀았던 이야기만 썼을 뿐. 나는 조금 시무룩해졌지만, 그래도 서운한 티를 내지 않으려고 노력했다.

그러던 지난 주말 일기에 드디어 아빠 이야기가 다시 등장했다.

제목은 '고마운 아빠'. 내용인즉슨 아빠가 우리를 위해서 직장에 나가고, 매일 글도 쓴다는 것이었다. 아빠 어깨가 굳어 있어서 자기가 잘 주물러드렸다는 내용도 적혀 있었다. 아아, 드디어 레고 효과가 나는구나. 나는 아이의 일기장을 들고 헤벌쭉 웃으면서 오래 서 있었다.

그런 내 모습을 보고 아내가 툭 물었다.

"아빠 얘기 썼어?"

"어, 당신 벌써 봤어? 어떻게 알았어? 아빠 얘기 쓴 거?"

"응, 오늘 숙제가 그거야. 아빠한테 효도한 거 일기로 쓰는 거."

나는 무표정한 얼굴로 아내와 아이의 일기장을 번갈아가며 바라보았다.

"왜 그래? 그렇게 안 썼어?"

아내가 내게 다시 물었다. 나는 아이의 일기장을 덮으며 얼버무렸다.

"무슨 일기 숙제를 내주고 그러냐. 그냥 아이가 마음 가는 대로 쓰게 해야지."

나는 왠지 다시 억울한 기분이 들었다.

우동이 좋아요

　얼마 전 첫째 아이가 잠자리에 들기 전 나에게 은밀한 부탁을 해왔다.

　"아빠, 제 생일 때 말이에요. 친구들을 모두 초대해도 돼요?"

　"생일 파티 같은 걸 하고 싶은 거니?"

　나는 아이 쪽으로 돌아누우며 다시 물었다. 아이는 말없이 고개를 끄덕였다.

　"그래? 그럼 엄마 힘들지 않게 친구들하고 집에서 과자 파티 같은 걸 하는 게 어떨까?"

　아이는, 그러나 내 말에 조금 시무룩한 표정을 지었다.

　"왜? 그건 싫어? 그럼 뭐 다른 게 하고 싶은 거야?"

　내가 조금 더 아이 쪽으로 다가가 묻자 아이는 작은 목소리로 "뷔페에 가면 안 돼요?"라고 말했다.

"뷔페? 뷔페에서 생일 파티를?"

나는 사실 조금 놀랐다. 초등학교 2학년인데 벌써부터 생일 파티를 한다는 것도 그랬지만, 뷔페에서 하고 싶다는 게 어쩐지 어울리지도 않고, 무리라는 생각이 들었다.

"넌 뷔페 가는 거 별로 안 좋아하잖아? 무슨 일 있니?"

나는 아이에게 다른 사정이 있을 거란 생각이 들었다. 첫째 아이는 내 질문에 한동안 아무런 말도 하지 않다가 잠들기 직전 기어이 제 속마음을 털어놓았다.

"수진이도 부르고 싶어서요…… 수진이가 뷔페 가는 거 좋아한다고 했거든요……."

아하, 나는 그제야 사태의 전말을 이해할 수 있게 되었다. 말하자면 그건 오로지 수진이를 자기 생일 파티에 부르고 싶은 마음 때문이었으리라. 아이가 유일하게 좋아하는 같은 반 여자친구…… 그 친구를 자기 생일 파티에 초대하기 위해선 그럴싸한 명분이 필요했을 터. 사랑이라는데 다른 무엇보다 그것에 약한 나는 조금 무리가 된다 해도 아이의 소망을 지켜주어야 하지 않을까, 홀라당 넘어가고 만 것이었다.

그렇게 돌아온 아이 생일, 나는 모두 일곱 명의 초등학교 2학년생들을 데리고 동네 프랜차이즈 뷔페에 들어갔다. 여섯 명은 남자아이였고, 오직 한 명만 여자아이였다. 나는 식탁에 앉은 뒤로도 계속 그 여자아이만 바라보았다. 처음 보는 아이의 짝사랑 상대인 수진이는 단발머리에 오뚝한 콧날을 가진 귀여운 여자아이였는데, 그래서 나는 '이놈이 제 아빠를 닮아서 예쁜 여자한테 마음을 빼앗기는구나'라는 생각을 잠깐 하기도 했다. 식탁 가운데 앉은 첫째 아이는 뭐가 그리 좋은지 계속 수진이만 바라본 채 헤벌쭉 입을 벌리고 있었다.

본격적인 식사가 시작되고 나도 접시를 든 채 아이들 뒤를 따라 음식들 사이를 걷고 있었는데, 누군가 내 허리를 톡톡 쳤다. 돌아보니 수진이었다.

"저기, 아저씨. 부탁이 있는데요."

수진이는 새침한 표정으로, 그러나 또박또박 정확한 발음으로 내게 말했다.

"저는 우동이 먹고 싶은데, 우동 좀 그릇에 담아주시면 안 돼요?"

수진이는 뷔페 코너의 우동 그릇을 가리키며 말했다. 우동 코너는 손님이 면발을 그릇에 담아 정수기처럼 생긴 수도 꼭지에서 직접 뜨거운 국물을 받아야만 했다. 초등학교 2학년 아이가 국물을 직접 받기에는 조금 높은 곳에 있었고 무엇보다 뜨거운 국물이었으니, 나는 얼른 수진이의 부탁을 들어주었다.

"수진이는 우동을 좋아하나 보구나? 다른 건 뭐 필요한 거 없고? 피자도 좀 갖다줄까?"

나는 최대한 아이에게 좋은 점수를 따기 위해서 노력했다.

"됐어요. 저는 우동이 좋아요."

수진이는 그렇게 말한 뒤 내게 건네받은 우동을 든 채 제자리에 앉았다. 흠, 역시 얼굴이 예쁜 여자들이 좀 냉랭한 법이지. 나는 젓가락질을 야무지게 하는 수진이를 바라보면서 그런 생각을 했다.

한데 그게 끝이 아니었다. 수진이는 우동 한 그릇을 뚝딱 해치우고 나선 또다시 내게 우동 한 그릇을 주문했다.

"으응? 또? 우동 말고 다른 것도 많은데……."

"아니요. 전 우동을 마음껏 먹을 수 있어서 뷔페를 좋아하는데요. 왜요? 안 되나요?"

"아니, 뭐…… 안 되는 건 아니지……."

우리가 잘 알지 못하는 세계

나는 음식을 먹다 말고 얌전히 수진이의 부탁을 들어주었다. 한 그릇, 두 그릇, 세 그릇…… 수진이는 보는 사람이 좀 걱정될 정도로 우동을 정말 많이 맛있게 먹었다. 나뿐만 아니라 아이와 친구들이 멍하니 그런 수진이를 바라보았지만, 수진이는 개의치 않았다. 그날, 수진이는 뷔페를 나갈 때까지 총 여섯 그릇의 우동을 먹었다…… 우동만 먹었다…….

그날 밤, 첫째 아이와 나는 침대에 나란히 누워 서로 멀뚱멀뚱 어두운 천장만 바라보았다.

아이가 먼저 말을 꺼냈다.

"아빠, 수진이는 나를 안 좋아하는 거 같지요?"

나는 아이의 말에 잠깐 침묵을 지키고 있다가 마음속 솔직한 이야기를 해주었다.

"글쎄…… 너보다 우동을 더 좋아하는 건 분명한 거 같구나."

아이는 내 말을 묵묵히 듣더니 불쑥 이런 말을 건네왔다.

"아빠, 내년 생일 땐 우동 집에서 하고 싶어요."

나는 그제야 아이의 얼굴을 한 번 바라보았다.

그래, 내년엔 우동 집에서 생일 파티를 하자꾸나, 예쁜 여

자 마음 얻기가 그리 쉬운 것은 아니니까…… 나는 그렇게
속으로 아이에게 말해주었다.

우리가 잘 알지 못하는 세계

어머니와 굴비

깻잎이니 시래기니 하는 것들을 잔뜩 싸들고 어머니가 오랜만에 광주 우리 집으로 내려오셨다. 그러지 말라고 몇 번을 말씀드렸는데도 만 원 비싼 우등 고속버스 대신 일반 고속버스를 타고 내려오는 바람에 식사도 제대로 하지 못하신 모양이었다(일반 고속버스는 하루 두 차례밖에 다니지 않는데, 그걸 타면 저녁식사 시간을 제대로 맞추기가 어렵다). 미리 말씀이라도 하시면 표라도 끊어 보내드릴 텐데, 어머니는 언제나 불현듯 마치 시장에 나왔다가 들른 사람처럼 그렇게 찾아오시곤 했다. 오랫동안 버스를 타고 오신 탓인지 몰라도 어머니의 얼굴은 예전보다 더 핼쑥해 보였고, 어깨는 몇 달 전보다 더 작아 보였다. 나는 그게 좀 속상해 괜스레 어머니에게 퉁명스럽게 굴었다.

"그러다 병나면 아들 며느리 더 고생시키는 거 몰라서 그러세요?"

어머니는 내가 그러거나 말거나 막내를 품에 안은 채 "그럼, 아들 집 오는데 내가 허락받고 와야 하니?"라고 되물으셨다.

"아니, 그거 말고요. 왜 자꾸 일반 고속버스를 타시냐고요? 좁은 좌석에 앉으니까 더 힘드신 거 아니에요?"

내 목소리가 높아지자 아내가 한 손으로 슬쩍 내 팔꿈치를 쳤다.

"그놈이 더 빨리 오면 내가 그놈을 타지. 그놈이나 일반버스나 다 똑같이 네 시간 걸리는 걸 뭐한다고 만 원이나 더 주고 그걸 타냐? 버스 타고 잠자면 다 똑같아."

어머니는 그러면서 들고 온 손가방에서 초콜릿이니 사탕이니 하는 것들을 꺼내 아이들에게 나눠주셨다. 나는 어쩐지 그것들이 그 만 원의 정체인 것만 같아서 마음이 더 무거워졌다.

다음 날부터 어머니는 하루 종일 아내와 함께 부엌에서 고추장아찌를 만든다, 도토리묵을 만든다, 분주하게 움직이셨다. 여기가 한정식이 유명한 동네니 저녁은 나가서 외식을 하자고 말씀드려도, 그저 귓등으로 흘려 넘길 뿐이었다. 대신 퇴근해서 돌아와 식탁에 앉으면 마치 어린 시절 고향 집 밥상에 아버지, 형과 함께 둘러앉은 듯 오랜 시간 잊고 지냈던 반찬들이 하나 둘 올라와 있는 것이 눈에 띄었다. 나는 평상시보다 저녁을 많이 먹었고, 그렇게 부른 배가 좀 머쓱해 계속 어머니께 외식 타령을 했다.

"어머니도 예전엔 한 달에 한 번씩 외식을 시켜주셨잖아요? 왜 거 아버지 월급날마다 통닭집에 꼭 갔잖아요? 그러니 나가서 한번 먹어요."

그렇게 며칠을 보낸 금요일 저녁 어머니가 나를 조용히 부르셨다.

"아범아, 여기서 영광까지 얼마나 걸리냐?"

영광이라면 차로 한 시간 정도 걸리는 곳이었다. "거긴 왜요?"라고 되물으니 이런 대답이 돌아왔다.

"내가 아들 집 간다니까 동네 사람들이 마늘종이니 고추니 도토리니 담아줬는데…… 빈손으로 가기가 좀 그래서…… 영광에 가면 굴비가 유명하다던데……"

나는 그제야 어머니의 말뜻을 이해할 수 있었다. 아하, 그래서 외식도 안 하시려고 했구나, 아들이 시 보낸 ㅅ라고 말씀하셔야 하니까……. 내가 돈을 많이 쓸까 봐…….

다음 날 나는 어머니를 모시고 영광 법성포 해안으로 차를 몰고 갔다. 법성포 해안에 가본 사람은 알겠지만, 그곳은 도로에 면한 가게가 모두 '영광 굴비' 가게라고 해도 무방할 정도로 온통 굴비 가게 천지인 곳이었다. 그러니 어느 가게로 들어가야 할지 더 막연해지는 건 당연한 일. 어머니는 몇 집을 둘러보고 나더니 나에게 조용히 말했다.

"안 되겠다, 넌 밖에 있다가 내가 부르면 가게 안으로 들어오거라."

나는 그 말이 무슨 뜻인지 몰랐지만, 딱히 반대할 이유도 없어 어머니의 뜻에 따랐다.

이윽고 가게에 혼자 들어간 어머니가 손짓으로 나를 불렀다.

젊은 직원 한 명이 굴비를 포장하며 내게 물었다.

"슈퍼를 하신다고요?"

나는 직원의 물음에 아무 말도 하지 못한 채 뚱하니 서 있었다.

"여기서 물건 떼어서 장사하시면 틀림없을 겁니다."

우리가 잘 알지 못하는 세계

나는 어머니가 직원에게 무슨 말을 하셨는지 대충 짐작이 갔다. 어머니는 내 눈을 피해 멀거니 가게 밖 해안가를 보고 계셨다.

그런 나와 어머니의 모습을 잠깐 말없이 바라보던 직원은 다시 굴비를 스티로폼 박스에 넣으며 말했다.

"슈퍼에서 팔다가 안 팔리면 그냥 집에서 드셔도 손해는 없을 겁니다. 그 정도로 좋은 놈들이니까."

나는 어쩐지 그 젊은 직원이 어머니의 마음을 다 이해해준 것만 같아, 그럼에도 눈길을 어디다 둬야 할지 알 수 없어, 계속 줄지어 늘어선 굴비만 오롯이 바라보며 서 있었다.

허풍과 엄살의 길

겨우내 우리 가족의 온기를 지켜주었던 보일러가 넉 주 전 덜컥 고장이 나고 말았다. 거실 전등 스위치 옆에 달려 있던 컨트롤기가 제대로 작동하지 않아서 그것만 교환하면 되겠거니 생각했는데(보일러 기사님이 오기 전 전화로 문의를 해봤더니 2만 5천 원이면 된다고 했다) 점검 결과 보일러를 통째로 갈아야 한다는 처분이 내려졌다. 교체 비용은 80만 원. 봄이라고는 해도 유치원생 아이가 있는 집인지라 당장 보일러 없인 하루도 지낼 순 없고, 월급쟁이 사정 빤한 탓에 여윳돈이 남아 있는 것도 아니었다. 어찌어찌 카드 할부로 보일러 교체 비용을 내고 보니 한숨이 절로 나왔다(물론 아이들 앞에선 호탕하게 "거, 보일러가 화가 많이 났나 보구나!" 했지만……).

바로 전달엔 팔 년 넘게 고장 없이 잘 굴러다니던 자동차가 대대적인 수리에 들어가 그 또한 카드로 비용 처리를 했고, 그 전전 달엔 어머니의 보청기 비용이, 그와 더불어 아버지의 임플란트 비용이, 무슨 가난한 집 제사 찾아오듯 줄줄이 이어졌다. 그렇다고 아파트 대출금도 아직 많이 남아 있는 처지에 또다시 대출을 일으킬 순 없는 노릇이고 해서 평소보다 조금 더 무리해서 일거리를 받기 시작했다. 소설에 집중한답시고 가급적 외부 일정은 잡지 않으려고 했지만, 상황이 상황이다 보니 가만히 책상에 앉아서 내가 원하는 일만 할 수는 없는 형편이었다. 그건 뭐, 같은 시대를 살아가고 있는 다른 수많은 아버지들의 처지와 비슷한 거니까, 억울할 것도 서러울 것도 없는 일이었다. 그나마 나는 대부분의 시간을 책상에 앉아서 일하고 있으니 다른 아버지들에 비하면 사정이 나은 편이었다. 직장에 다니고 밤에는 대리운전을 하는 아버지들, 새벽에 신문을 돌리고 몰려오는 잠을 쫓으며 또 다른 일을 하러 나서는 아버지들을 나는 제법 많이 알고 있었다. 그것들을 모두 감내하면서 티 내지 않으면서 가만가만히 식구들의 입에 밥이 들어가는 순간들을 지켜보는 것이 아버지의 자리라는 것을, 나는 뒤늦게 깨우쳤다. 뒤늦게 깨우친 인간이 엄살도 많고 허풍도 심한 법. 고작 보일러 교체 비용, 어머니 보청기 비용, 아버지 임플란트 비용을 대놓고 혼자 낑낑 애를 썼다고 지금 여기에 티를 내고 있는 것이다.

그렇게 티를 내는 와중에 서울로 작은 강연을 하러 가게 되었다. 한글을 배우고 있는 외국인 유학생들을 상대로 하는 강연이었는데, 강연 시간도 퇴근 뒤로 잡혀 있었고 주제도 그리 어렵지 않아 바로 승낙을 했다(강연료를 먼저 물어봤어야 하는데, 쭈뼛쭈뼛 그만 묻지 못했다). 강연은 별다른 일 없이 무사히 마칠 수 있었고, 외국인 유학생들과 사진도 몇 장 찍고 화기애애하게 헤어졌는데, 문제는 그 뒤부터 벌어졌다. 원래 강연이나 특강을 하면 대개 강연료는 통장으로 자동 이체를 해주는 게 관례인데, 그 기관에선 곧바로 그 자리에서 현금으로 건네주었다(물론 편지봉투 속에 세금명세서와 함께).

"예전엔 다 이렇게 드렸잖아요. 이게 좀 인간적인 거 같아서⋯⋯."

담당 직원도 나도 좀 머쓱한 기분이 들었지만, 그래도 서로 웃으면서 편지봉투를 주고받았다.

이상한 것은, 그때부터 나의 마음이 조금 싱숭생숭하게 변했다는 점이다. 원래 받은 강연료로 이번 달 카드 할부금을 내면 되겠거니 생각했는데, 막상 현금이 주머니 속에 들어 있으니 어쩐지 집에 가기도 싫고, 왜 이렇게 인생을 '쪼잔하게' 사나 하는 생각도 들고 마음이 심란해진 것이었다(아, 그래서 그 옛날 우리 외할아버지께서 소 팔러 장에만 가셨다 하면 항상 그 돈으로 노름을 하셨구나, 뭐, 그런 생각까지 머릿속에 스쳐 지나갔다).

어찌어찌 다시 광주로 가기 위해 고속버스 터미널에 도착은 했지만 쉬이 발길이 떨어지지 않았다. 누구 아는 사람과 술 한잔 마시고 싶은 생각, 계획 없이 다른 도시로 여행을 떠나고 싶은 생각, 영화라도 한 편 보고 갈까 하는 생각들이 머릿속을 떠돌아다녔다. 그렇게 몇십 분 동안 호남 고속버스 터미널 주위를 맴돌고 있을 때, 그 아래 지하상가에서 내 발길을 간신히 잡아준 곳이 있었으니, 바로 아동복 매장이었다. 정확하게는 아동복 매장을 지키고 앉아 있는 내 또래의 남자……. 다른 여성복 매장은 사람들로 붐볐으나 유독 그 남자가 앉아 있는 아동복 매장은 한산했다. 진열된 옷이 몇 벌 되지도 않았지만 그 앞에 앉아 있는 남자의 얼굴이 너무 피곤하고 고단해 보여 금방이라도 잠이 들 것만 같아 사람들이 그 앞을 피하고 있다는 느낌마저 주었다. 나는 알 수 없는 감정에 휩싸여 제자리에 멈춰 선 채 그 남자를 힐끔힐끔 쳐다보았다. 어쩐지 그 남자의 얼굴이 내 얼굴인 것만 같다고 생각했지만, 다시 생각해보니 나를 기다리고 있는 다른 누군가의 얼굴인 것만 같았다.

나는 그날 그곳에서 아이들 옷 열한 벌을 사서 집으로 돌아왔다. 아내와 아이들에겐 예의 또 한 번 "이게 말이야, 터미널 옆 백화점에서……" 하면서 허풍과 엄살을 떨었다. 어쨌든 나는 아버지니까, 어쨌든 나는 아버지의 자리를 배워나가고 있으니까. 나는 허풍과 엄살이 당연하다고 생각했다.

슈퍼 파워 나가신다

내가 태어난 곳은 강원도 원주지만, 할아버지 할머니 산소나 증조할아버지 내외, 고조할아버지 내외가 누워 계신 곳은 경기도 가평군이다. 그러니까 그곳이 내 본적지고, 아버지의 고향인 셈이다. 어릴 적 아버지는 방학만 되면 형과 나를 그곳 할아버지 댁으로 보내 개학 바로 직전까지 머물게 했는데, 당시엔 그게 참 지루해서 아버지 어머니의 처사가 원망스럽기 그지없었지만(할아버지 댁엔 텔레비전은 있었으나 전파가 잘 잡히지 않았다. 말 그대로 장식품일 뿐이었다) 돌아보니 그 시간들 덕분에 내가 이렇게 글을 쓰면서 살게 된 것만 같아 스스로 고개를 끄덕거릴 때가 많아졌다. 내게 그곳은 자연 풍광도 풍광이지만 집집마다 계곡마다 이야기가 살아 숨 쉬는 곳이었다. 동네 할머니들과 함께 옥수수를 팔러 장에 나가거나 깊은 밤 화롯불 옆에서 군고구마를 구워 먹을 때, 그때마다 나는 동네 어른들이 하는 이야기들을 엿들었고 덕분에 매번 이상한 꿈을 꾸기도 했다. '윗목골' 바위 근처에서 누가 고라니를 잡은 이야기, 한국전쟁 당시 '다리께'에서 벌어진 수많은 일들, 심지어 전날 '먹골' 큰할머니가 친 화투 점 이야기까지, 나는 마치 이제 막 생산된 스펀지처럼 그 이야기들을 쑥쑥 흡수해버렸고, 어디 또 다른 이야기들은 없나, 뭐 또 재미난 이야기들은 없나, 할머니를 졸라대곤 했다. 세월이 흘러 내게 그 많은 이야기를 해주었던 할아버지 할머니는 이제 누군가의 이야기 속에만 존재하는 분들이 되었지만, 나는 그 이야기들 덕분에 그분들을 잊지 않고 또 그리워할 수 있게 되었다. 그것이 바로 내가 믿고 있는 이야기의 힘이었다.

내가 이런 이야기들을 먼저 꺼낸 것은 요즈음 아버지가 하고 있는 고민을 말하기 위해서다. 일흔 중반이 된 아버지는 이제 벌초하는 것도 힘에 겨운 연세가 되었는데, 그래서인지 몰라도 자꾸 당신이 떠나고 난 뒤 일들을 걱정하시곤 했다. 그 걱정 중 하나가 바로 조상님들의 산소 문제였다. 증조할아버지 때부터 가세가 기울어진 우리 집은, 그 때문에

선산이 따로 없었는데(그래서 고조할아버지, 증조할아버지, 할아버지 묘소가 다 뚝뚝 떨어져 있다. 그것도 산꼭대기에) 아버지의 걱정은 바로 그것이었다.

"나도 없으면 너희들이 벌초라도 제대로 챙기겠냐…… 그냥 나 있을 때 원주 근처로 조상님들을 다 모시는 게 낫지 싶어서……."

아버지는 지난주 불쑥 그런 말씀을 하시며 내 뜻을 물으셨다. 원주 근교의 작은 땅을 사서 조상님들의 산소를 다시 합장하자는 말씀이셨다.

"합장이요?"

"요샌 그렇게들 많이 한다고 하더라. 봉분 밑에 서랍식으로 유골함 같은 것을 만들어서…… 그러면 몇 대가 다 그 안으로 들어갈 수 있대."

"그럼…… 할아버지나 할머니도 다시 화장해야 하는 거 잖아요?"

내가 묻자 아버지는 잠시 말씀이 없으셨다.

"나도 죽으면 화장할 텐데, 뭐…… 그게 요즘 법칙이잖니."

나는 아버지에게 "생각을 좀 해볼게요"라고 말씀드린 뒤 전화를 끊었다. 할아버지 할머니는 전통 방식 그대로 매장을 했지만 확실히 요즈음은 화장 문화가 대세인 게 맞다. 남은 사람들에게 그게 편하기 때문이다. 한데 왜 아버지는 갑자기 그런 생각을 하게 되었을까? 몇 년 전 할머니가 돌아가셨을 때도 일언지하 화장은 말도 안 된다고 하신 분인데…… 나는 전화를 끊고 나서도 아버지의 뜻을 제대로 헤아리지 못해 갸우뚱 책상 의자에 앉아 있기만 했다. 그런 내게 둘째가 쪼르르 달려와 말을 걸었다.

"아빠, 근데요, 아빠 나 메리야스 걸리면 날 안 볼 거예요?"

"응? 메리야스?"

아이는 고개를 끄덕거리며 다시 한 번 "응, 메리야스"라고 대답했다.

"선생님이 그러시는데, 그거 걸리면 아무도 만나면 안 된대요. 아빠도, 엄마도, 아무도."

나는 그제야 아이가 '메르스' 이야기를 하고 있다는 것을 눈치챘다. 나는 둘째를 무릎에 앉히고 말해주었다.

"아빠는 우리 둘째가 메리야스 걸려도 옆에 쏙 있을 거야. 아빠가 슈퍼 파워를 불어넣어줘야 하니까."

둘째는 신이 나서 다시 제 형에게로 쪼르르 달려가며 "슈퍼 파워가 나가신다" 소리를 질러댔다. 나는 그 뒷모습을 가

우리가 잘 알지 못하는 세계

만히 바라보고 있다가 퍼뜩 무언가 깨달은 게 있어 다시 아버지에게 전화를 걸었다.

"아버지, 그거 하지 마시죠."

"왜? 지금 작은아버지들한테도 전화하려고 하는데."

"그냥요, 우리 편하자고 고향을 바꾸는 게 좀 그렇잖아요."

아버지는 내 말에 또 잠깐 침묵을 지키셨다.

"정말 그렇게 생각하냐?"

"그럼요. 제가 증조할아버지 산소에서 얼마나 많이 놀았는데……."

"그렇게 말해줘서 고맙구나."

아버지는 쑥스러운 듯 짧게 말씀하셨다. 나도 어쩐지 좀 쑥스러운 마음이 들어서, 그다음엔 하지 않아도 될 말을, 오버해서 무리해서 하고 말았다.

"아버지…… 슈퍼 파워……."

내가 소심하게 말하자 아버지는 흐음 헛기침을 한 번 한 뒤 조용히 전화를 끊으셨다.

우리가 잘 알지 못하는 세계

세 아이를 키우다 보니 힘든 일들도 있지만 다행스럽게 해가 지날수록 실수는 줄어든다. 첫째 아이한테 했던 어처구니없는 내 잘못들을 둘째에겐 감출 수 있었고, 셋째에겐 반복하지 않을 수 있었다(그런 면들 때문에 첫째 아이가 더 애틋하게 느껴질 때가 많다). 나는 그런 게 '부모로서의 성장'이라고 생각했는데, 아내는 꼭 그런 것만은 아니라고 말했다.

"무슨 소리야? 그래도 첫째 아이 때 겪어보니까 둘째 셋째 땐 애꿎은 거 안 시킬 수 있는 거잖아?"

나는 첫째 아이가 거쳤던 많은 것들, 일테면 뷔페에서 사람들을 잔뜩 불러놓고 했던 돌잔치나(그때 일을 떠올리면 지금도 얼굴이 화끈거린다. 바쁜 사람들 불러놓고 박수치고 사진 찍고 답례품을 돌리고…… 아이한테도 너무 피곤한 짓을 했다) 다섯 살 때 다녔던 태권도 학원(다섯 살 때 다니는 태권도 학원은…… 그냥 동네 놀이터를 돈 내고 다니는 셈이다), 마트 한쪽에서 풍선을 나눠주며 가입을 권유하던 아저씨의 말에 홀라당 넘어가 대량 구입했던 영어 전집류(그 전집들은…… 아이들의 벽돌쌓기 교구가 되어버렸다) 그런 것들을 떠올리며 아내에게 항변했다.

"그게 뭐 성장까지야…… 그건 어느 부모나 다 거치는 거고…… 난 아직도 아무것도 모르겠더라."

아내는 그렇게 덧붙였지만, 무슨 소리. 난 이제 아내가 아이들 김밥 도시락 세 개쯤은 삼십 분 만에 후딱 완성한다는 것을 알고 있었다(초창기 아내는 김밥 도시락 싸는 날이면 새벽 4시 반에 일어나곤 했다). 막내가 갑자기 열이 올라도 언제 어느 시점까지 기다렸다가 얼마만큼의 해열제를 먹여야 하는지 잘 알고 있는 것이 아내였고(첫째 아이의 경우 열만 나면 응급실을 찾아가곤 했다) 유치원에서 학부모 면담 날짜가 정해져도 그저 무덤덤한 표정으로 받아들이는 것(이 또한 첫째 아이의 경우, 면담 날짜 며칠 전부터 뭘 사서 갈지, 음료수나 과일이라도 들고 가야 하지 않을지, 뭘 입고 갈지 등등 전전긍긍 노심초사했다) 또한 지금의 아내, 이홉 살, 일곱 살, 다섯 살 세 아이의 엄마였다.

그러니까 지금 이 글을 쓰기 바로 전전 날이 유치원에 다니는 둘째, 셋째의 학부모 면담 날짜였다.

"이번엔 가지 말까 봐. 가봐야 뭐…… 딱히 별다른 말도 없을 거 같고……."

아내는 면담 전날 나에게 말했다.

"그럴래? 뭐, 그래 그럼. 더운데 괜히 고생 말고."

나는 진심으로 그렇게 생각했다. 물론 그럴 만한 근거가 있었다. 예전 첫째 아이 때문에 몇 번 가본 상담은…… 사실 내 예상과 다를 바가 없었다. 아이가 잘 뛰어논다, 밥을 좀 남기는 거 같다, 장난이 좀 심하다 등등. 상담하러 온 학부모들은 많았고, 유치원 선생님은 좀 지쳐 보였다. 어서 빨리 나라도 상담을 끝내서 선생님을 쉬게 해주고 싶다는 생각에 마음이 조급해졌던 기억이 있다. 그건 아마 아내도 마찬가지였으리라. 그래 그러면 이번엔 가지 않아도 되지, 뭐. 그러면 아이들 선생님이 더 편할지도 몰라. 안 봐도 빤하지 않은가. 둘째는 시끄럽고 정신없고 편식이 심하다고 할 테고 (아아, 그 사실은 우리 동네 슈퍼 아주머니도 문구점 아저씨도 미용실 사장님도 다 아는 내용이니) 막내는 잘 삐치고 잘 울고 역시 편식이 심하다고 할 테니⋯⋯ 그래, 한 번쯤 상담을 쉬는 것도 괜찮을지 몰라. 그렇게 생각하고 말았던 것이다.

하지만 막상 상담 당일이 되고 나니 아내는 온종일 마음이 찝찝했고, 결국 오후 늦게 기어이 유치원을 찾아간 모양이었다.

"안 간다더니 왜?"

아내에게 그 말을 듣고 나는 조금 뚱한 표정으로 물었다.

"그냥⋯⋯ 둘째나 셋째나 할 건 다 해야지 싶어서."

"뭐 빤한 말일 텐데⋯⋯ 시끄럽고 정신없다지?"

"아니."

"그럼, 친구들하고 자주 싸운대?"

"아니, 아주 과묵하대."

"누가? 둘째가?"

나는 어안이 벙벙한 표정으로 다시 물었다.

"응. 둘째는 과묵하고 막내는 시끄럽대."

나는 계속 입을 다물지 못한 채 둘째와 셋째를 바라보았다. 둘째는 혼자 알 수 없는 노래를 시끄럽게 부르면서 놀고 있었고, 셋째는 제 노트에 인형 스티커를 붙이며 가만히 앉아 있었다.

"나도 좀 당황해서 여러 번 물었는데, 진짜 그렇대."

아내 역시 아이들을 바라보면서 말했다.

"우리가 아직 모르는 게 많다니까."

나는 아내의 그 말을 들으면서 내가 '부모로서 성장'한 것이 아닌, '부모로서 착각'한 것들이 더 많이 쌓여왔다는 것을, 그것을 어렴풋이 알게 되었다.

우리가 잘 알지 못하는 세계

언제나 포스가 함께하시길!
그리고 3년 후의 기록

엊그제 오후, 집으로 전화를 했더니 둘째 아이의 절친인 인이가 대신 전화를 받았다.

"어, 인이구나. 율이 엄마 좀 바꿔줄래?"

"아줌마 안 계신데요."

"어, 그래? 그럼 율이라도 좀 바꿔줄래?"

"율이도 아직 학교에서 안 왔어요. 집에 아무도 없어요."

"응, 그렇구나. 그래, 잘 있어."

나는 그렇게 전화를 끊으려다가 퍼뜩 무언가 이상한 기분이 들어 다시 수화기를 고쳐 잡았다.

"한데 넌 우리 집에 어떻게 들어온 거니? 아무도 없다며?"

"전 여기 비밀번호 다 아는데요. 율이가 가르쳐줬어요."

나는 잠시 침묵을 지켰다.

"율이도 없으면…… 심심하진 않니?"

"괜찮아요, 아저씨. 태훈이 형이랑 건이 형이랑 같이 왔는데요."

"태훈이랑 건이도……?"

"근데요, 아저씨. 태훈이 형이 냉장고에 있는 딸기 다 먹었는데요, 저는 두 개밖에 안 먹었거든요. 그럼 태훈이 형이 다 먹은 거나 마찬가지인 거죠?"

나는 담담해져야 한다, 담담해져야 한다, 속으로 중얼거렸다.

"그래, 그건 뭐…… 딸기가 알아서 판단해주겠지."

나는 조용히 전화를 끊었다.

2015년과 2016년을 지나 2017년이 된 지금, 아이들은 쑥쑥 자라나 어느새 초등학교 4학년, 2학년, 그리고 일곱 살이 되었다. 일 년에 두 번씩 부엌 식탁 옆 작은 기둥에 아이들을 세워놓고 얼마나 컸나 연필로 표시해두었는데, 세 명 모두 이 년 전에 비해 한 뼘 조금 모자라 ㅋ 기만큼 신이 올라와 있었다. 아내 키도 표시해놓으려고 했지만, 그건 당사자가 완강히 거부하는 바람에 그럴 수가 없었다. 밤늦게 몰래 혼자 재본 내 키는 들쑥날쑥 제각각이었다. 그 와중에 슬쩍 뒤꿈치를 올렸기 때문이다.

키가 큰 것은 비단 우리 아이들뿐만 아니어서 같은 동네에 살고 있는 아이 친구들 또한 한여름 가문비나무처럼 훌쩍 자라났다. 큰아이의 친구인 호은이와 지원이와 지훈이와 윤이와 민후와 서현이와 수현이와 재형이가 그랬고, 둘째 아이의 친구인 인이와 규원이와 지혁이와 태현이가 그랬으며, 막내의 친구인 한빈이와 루다와 승혜가 그랬다. 키가 큰 것까지는 좋은데…… 우리 집에 너무 자주 온다는 게 문제라면 문제였다. 저녁을 먹으려고 집에 들어가 보면 예닐곱 명 정도 되는 아이들이 식탁에 삥 둘러앉아 있을 때가 예사였고, 일요일 오전 늦잠을 자다가 슬쩍 눈을 떠보면 웬 처음 보는 아이들이 침대 머리맡에 서서 멀뚱멀뚱 나를 내려다보고 있는 경우가 잦았다. 라면 한 박스를 사다놓으면 사흘 안에 모두 사라지고, 아침에 분명 냉동실에서 1+1 군만두를 보고 출근했는데 퇴근하고 나면 아무것도 남아 있지 않은 나날. 아이들의 친구들뿐만 아니라 친구들의 형과 누나와 언니와 동생들까지 등굣길 하굣길 가리지 않고 찾아오니 이건 뭐 좀체 조용할 틈이 없는 것이다. 학원이 없는 동네에서 아이들을 키우는 부모의 숙명이라면 숙명이었다.

세 아이 모두 학원은 다니고 있지 않지만, 합기도 체육관과 동네 카페 2층에서 한 선생님이 자원봉사 형식으로 아이들을 가르치는 '사자소학' 교실만큼은 빠지지 않고 나가고 있다. 아이 친구들 역시 모두 함께하는데, 그러니까 이 동네 아이들은 낮에는 무술을 연마하고 저녁에는 '소학'을 읽는, 겉모습만큼은 무슨 나라를 구할 아이들처럼 보이기도 한다(나라를 구하기 이전에 제발 발이라도 스스로 잘 닦고 잤으면 하는 소망이 있다). 금요일 저녁 아내와 함께 아이들이 빽빽 소리를 높여 한자를 따라 읽고 있는 카페 앞에 나가볼 때가 많은데, 엊그제는 그곳 카페 앞 나무에서 우수수 벚꽃이 떨어지는 것을 한참 바라보기도 했다.

벚꽃이 지고 초록이 무성해지면, 다시 아이들은 그만큼 자라나 있겠지.

아이들의 땀 내음과 하얗게 자라나는 손톱과 낮잠 후의

칭얼거림과 작은 신발들.

그 시간들은 모두 어떻게 기억될까?

기억하면 그 일상들을 온전히 간직할 수 있는 것일까?

아이들과 함께 지낸다는 건 기쁜 일은 더 기뻐지고 슬픈 일은 더 슬퍼지는 일이 되는 것이다. 아내와 나는 지금 그 한 가운데 서 있었다. 세상 모든 아이들에게, 그들의 부모에게, 그리고 슬픔에 빠져 있는 부모들과 아이들에게도 언제나 포스가 함께하길.

지금 내가 할 수 있는 말은 오직 그것뿐이다.

에필로그